キリンな花嫁と子猫な花婿

Hikaru Masaki
真崎ひかる

CHARADE BUNKO

Illustration

明神翼

CONTENTS

雪解けにはまだ早い三月末、線路の端には雪が積み上がっている。

一時間に二本しかない列車がゆっくり近づいてきて、ギギ……と軋《きし》んだ音を立てながら停車した。

利用客が少ない時間だと一両で走っていることも少なくないけれど、今は比較的乗客が多い午前中の時間帯のせいか、二両編成だ。

それでも、佐知《さち》の前で開いたドアから降りた乗客は二人だけだった。そして、この駅から乗り込もうとしているのは佐知一人だけのようだ。

「さっちゃん、本当に行っちゃうの？」

淋しそうな声と共に、ダウンコートの裾をツンと軽く引かれる。

私物のすべてを詰めた大きなスポーツバッグを肩にかけた佐知は、声の主……十歳下の従《い》妹《とこ》に向かって腰を屈めると、「うん」とうなずいた。

「元気でな、実花子《みかこ》。……これきり二度と逢えないわけじゃないんだから、泣きそうな顔をするなって。じゃあ、叔母さん……見送り、ありがとう。おれ、行くよ」

田舎の小さな駅とはいえ、停車時間はさほど長くない。

急《せ》かすような車掌の視線を感じた佐知は、開いたままのドアから電車内に飛び乗ってホームに立つ従妹と叔母を振り向いた。

佐知と目を合わせた叔母は、申し訳ないけれど下手な作り笑いを浮かべている。

「佐知くん、独りが淋しくなったら、いつでも帰ってきていいんだからね。あんたの家なんだから」

「ん、今まで本当にありがと……」

しんみりとした別れは苦手だ。笑って手を振ったところで、笛の音が響いて電車のドアが閉まった。

ガタン、と電車が動き出すと、身体が大きく揺れる。

小雪がちらついているのに、従妹は動き出した列車を追いかけてホームの端まで駆けて、こちらに手を振った。

少しずつ従妹と叔母の姿が小さくなり……カーブを曲がると見えなくなる。嘆息した佐知は、外を眺めていたドアから離れた。

肩にかけていたスポーツバッグを床に置いて、シートの隅に腰を下ろす。

「もう……ここに来ることはないだろうな」

いつでも帰っておいでと言ってくれた叔母には悪いが、この土地を出た佐知はもう戻ることはないだろうと漠然《ばくぜん》と考えていた。

十二歳からの六年間、世話になった叔父と叔母の家は、どうしても『我が家』とは思えない。

田舎の人たちは、優しくて、あたたかくて……でも、すべての事情を知っている彼らの中に身を置くのは、少しだけ息苦しかった。

高校卒業は、こうして独り立ちするいい機会だったと思う。

「おれ、やっぱり都会に出てみたい……か」

そう口にして地元を離れる若者は、決して少なくない。

叔父や叔母も、そんな口実と共に頭を下げた佐知に、仕方なさそうな顔をしながらもうなずいてくれた。

別れ際、叔母は淋しそうに微笑を浮かべて、『独りが淋しいなら、いつでも帰っておいで』と言ってくれたけれど。

「ふ……、独りじゃないもんな」

床に置いてあるスポーツバッグのファスナーを少しだけ開けて、見慣れた網目模様の布を目にする。

独りじゃない。

他人から見れば、ただのぬいぐるみ……綿の詰まった布だろうけれど、佐知にとっては大切な家族だ。

各駅停車の列車は、佐知をゆっくりと住み慣れた土地から連れ出す。

気を抜けば胸の奥から滲《にじ》み出そうになる感傷を呑み込み、強く奥歯を噛んで網目模様のぬいぐるみをジッと見詰めた。

《一》

「こんなに、近くだったんだ」

目的地の最寄り駅は、佐知のアパートのある駅とは一駅しか離れていなかった。一旦駅に出て電車に乗って移動するより、直接歩いて向かったほうが早そうだ。

「歩けばよかった」

電車を降りたところで、知っていれば電車賃を使わなくて済んだのになぁ……とため息をつく。

人の流れに乗って構内を抜け、『西口』と書かれた改札前に立った佐知は、「よし」と気合を入れて駅に背を向けて歩き始めた。

「西口を出て、駅前の信号を渡って交差点を左……大通りを過ぎて、五分ちょっと真っ直ぐ行って……?」

子供の頃の記憶と、小さなメモ用紙に記された住所を手掛かりに通りを行く。

大きな通りを一本曲がると、途端《とたん》に人通りが減った。

昔ながらの商店が数軒あり、そこを抜けると小ぢんまりとしたアパートや雑居ビルが立ち並ぶ。

周辺を見回しながら歩いているうちに、佐知の頭に少しずつ記憶がよみがえってきた。

「そうそう。この角を曲がったところ、だったかな」

急いた気分のまま、小走りで十字路を曲がる。

きっと、もうない。

そんなふうに諦めていたつもりだったのに、ほんのわずかな期待が佐知の歩を速めていた。

そして……。

「あ」

目に飛び込んできた光景に、小さな一言を漏らして動きを止めた。

赤い庇《ひさし》に、木枠の窓。出入り口であるガラス扉の木枠も古びた印象のダークブラウンで、佐知の記憶にあるそのままの姿を留めていた。

佇まいからして、『カフェ』と呼ばれる店舗ではなく……昔ながらの『喫茶店』がそこにはあった。

驚きに言葉を失った佐知は、しばし目を瞠《みは》ってその場で硬直していたけれど、幻ではないことを確かめるかのように恐る恐る近づく。

扉にかけられている、『風見鶏《かざみどり》』という屋号が記されたささやかな木製のプレートまで、あの頃と同じだ。

「嘘みたいだ」

五年前に他界した祖父が経営していた喫茶店は、きっともうとっくになくなっていると思っていた。店自体は残っていたとしても、まったく別の店舗に改装されているだろうと覚悟していた。

なのに、こうして当時と変わらず存在するなど予想外で、道の端に立ち尽くしたまま目をしばたたかせる。

佐知がここを訪れたのは、片手の指でも余る回数だ。

静かな空気が流れる喫茶店は、香ばしいコーヒーの香りで満ちていた。

カウンターの内側に立つ寡黙《かもく》な祖父は、苦いコーヒーを飲めない佐知のためにたっぷりのミルクと練乳が入った甘いコーヒー牛乳を作ってくれた。

あの頃にタイムスリップしてしまったかのような、不思議な心地で喫茶店を眺める。

そうして、どれくらいの時間扉の脇で立ち尽くしていただろうか。ふと、背後から低い声が聞こえてきた。

「入らないのか？」

「えっ、あ……」

唐突に夢から呼び戻されてしまったみたいで、佐知はビクッと身体を震わせて背後を振り向いた。

佐知のすぐ後ろに、人影があった。どうやら、喫茶店に入ろうとした人の進路を、佐知が塞いでしまっていたらしい。

「ごめんなさいっ」

顔を上げて慌てて謝った佐知は、そこに立っている男と視線が合った途端、ポカンと目を見開く。

目……だけでなく、口も開いているかもしれない。

佐知の身長は、同年代の平均より幾分低い百六十四センチ。他人には、下駄を履かせて百六十八センチと伝えている。

三十センチほどの距離で佐知を見下ろしている男の顔は、そんな佐知より二十センチ近く高い位置にあった。

しかも、無表情で佐知を見下ろす男の容貌は、冗談かと思うほど端整なものだった。

涼しげな印象の切れ長の目、スッと通った鼻筋、少し薄めの唇……艶々《つやつや》とした黒髪は、ギリギリ目にかからない長さで整えられている。

シンプルな白いシャツに黒いジーンズという服装なのに、そのシンプルさが手足の長い均整のとれたスタイルを際立たせているみたいだった。

佐知も、白地に薄水色のストライプ柄シャツにインディゴのジーンズという、彼と似たよ

風見鶏

うな格好だ。

でも……こうして間近に立っていると、否応《いやおう》なく見劣りしているだろう。

言葉もなくマジマジと男の顔を見ている佐知に、その男はわずかに眉根を寄せる。

「……入るんじゃないのか？」

「っ、あ、はいっ。入ります。すみませんっ」

落ち着いたトーンの低い声に、惚けていたことを自覚する。肩を震わせた佐知は、慌てて背後に捻《ひね》っていた身体の向きを戻した。

様子を見ていただけだ。中に入ろうというつもりはなかったのだが、勢いで目の前にある扉に手をかけた。

勢いよく開けると、扉の上部に取りつけられているベルがカランと鳴って、カウンターにいる店員らしき青年が顔を上げる。

「いらっしゃいませ。お二人……お一人ですか？」

佐知と、その後ろにいる男とのあいだに視線を往復させると、二人連れかと問いかけていた言葉を『一人』に訂正する。

佐知を追い越した男は、慣れた様子で店内に入ってカウンターの隅に腰かけた。どうやら、常連らしい。

戸口で突っ立っている佐知に、

「お好きな席にどうぞ」

ニッコリと笑った青年が、カウンターの内側から話しかけてきた。義務的な営業スマイルではなく、まるで知り合いに笑いかけるようなやんわりとした笑みで、身体から緊張が抜けるのを感じる。

「……はい」

青年にうなずいた佐知は、軽く店内に視線を巡らせた。

窓際に、四人がけと二人がけのテーブル席が二つずつ。あとは、カウンター席が六つだ。テーブル席の一つには初老の女性の姿があり、少し迷った佐知は男がいるところとは対極の位置にあるカウンターの隅に着席した。

カウンターにはコーヒー豆の入った容器が並び、所々に二十センチほどの高さの動物のぬいぐるみが置かれている。

佐知が落ち着くのを見計らっていたらしく、ふっと息をついたところでタイミングよく声をかけてきた。

「なににしますか?」

「あ、えっと……」

カウンターの端に置かれているメニューは、写真立てくらいの大きさだ。それを手に取り、どうしよう……と悩んだ。

子供みたいだから恥ずかしいけれど、実は佐知は未だにコーヒーが苦手だ。香りはいいと思うけれど、苦くてブラックでは飲めない。

「カフェオレ、お願いします」

本当はココアかホットミルクと言いたいところだが、残念ながらメニューには見当たらなかった。

本格的な焙煎コーヒーを売りにしている店のようなので、コーヒー以外を注文する人がいないのかもしれない。

「はい。お待ちください」

こういう店では無粋《ぶすい》な注文だったはずだけれど、青年は微塵《みじん》も不快そうな顔をすることなくうなずいた。

BGMのない静かな店内に、コポコポとサイフォンの立てる音が響く。

瓢箪《ひょうたん》のような形のガラス器具も、祖父が経営していた頃に使っていたのと同じものではないだろうか。

カウンターの内側にいる青年は、二十代の後半だろう。慣れた様子で、手際よくサイフォンを操作している。

カウンターの上部、ちょうど佐知の視線の高さと同じところにある兎《うさぎ》のぬいぐるみを、ぼんやりと見つめた。

ほわほわとやわらかそうな、真っ白の毛に包まれている。鮮《あざ》やかな青色のベストを着ていて、兎と言えばコレと連想するままのアイテム……鮮やかなオレンジ色のニンジンを、可愛らしく両手で持っていた。

黒々としたガラスの瞳は、ジッと佐知を見詰め返しているみたいだ。

「……可愛い」

思わずつぶやくと、その声が聞こえたのだろうか。サイフォンを手にしてコーヒーカップに注いでいた青年が、ふと顔を上げた。

「あ、ぬいぐるみ……リアルだな、って」

なんとなく言い訳じみた口調になってしまった。

自意識過剰だが、十八歳の男が兎のぬいぐるみを「可愛い」という発言をしたら不気味がられてしまうかもしれない、という自衛が咄嗟《とっさ》に働いてしまったせいだ。

そうして佐知が内心では焦《あせ》っていることなど気づく様子もなく、青年はやんわりとした微笑を滲ませる。

「作家さんのハンドメイドなんです。一点ものだから、作りが精巧で……よければ手に取って触ってください」

「え、触っていいんですか？」

ハンドメイドの一点もの、ということは高価なのでは。そんな心配をする佐知に、青年は笑みを消すことなく「どうぞ」とうなずく。

「じゃあ……」

せっかくなので遠慮なく触らせてもらおうと、そっと右手を伸ばした。

兎を掴んだ指先に、ふわふわの毛の感触が伝わってくる。予想していたよりも、ずっとやわらかい。

「うわ……ふわふわ」

不思議と、ぬくもりまで感じるみたいだった。ぬいぐるみに、体温などあるはずがないのに……。

両手で兎を持ち、マジマジと見ている佐知の前にコーヒーカップが置かれる。

「お待たせしました。どうぞ」

「あ、ありがとうございます」

真っ白な毛に、うっかりコーヒーの染みをつけてしまったら大変だ。

そう思って、ぬいぐるみをカウンターに戻してコーヒーカップを手に取った。

そっと口元に寄せたコーヒーカップからは、インスタントとは比べ物にならない芳香が漂ってくる。

ブラックコーヒーは苦くて飲めないけれど、焙煎されたコーヒーの香りは好きだ。

祖父は、コーヒー好きが高じて三十代で会社勤めを辞めて喫茶店を経営し始めたと聞いている。

コーヒー豆の仕入れから焙煎までを一手にこなす職人気質《かたぎ》で寡黙な祖父を、朗《ほが》らかな祖母が巧みにフォローしていた。

仲睦《なかむつ》まじい夫婦だったからか、祖母が他界して三年も経《た》たずに祖父は追いかけるように彼岸へと渡ってしまった。

佐知がコーヒーの香りに郷愁に似たものを誘われるのは、そんな祖父母との多くない思い出に、必ずコーヒーの香りが付随《ふずい》しているせいもあるかもしれない。

口に含んだカフェオレは、香りから身構えていたほど苦くなく……まろやかなミルクとうまく調和している。

「……おいしい」

自分で作ったインスタントコーヒーのカフェオレには砂糖を入れなければ飲めないけれど、このカフェオレには余分な甘みなど不要だ。

数回に分けてカフェオレを飲み干した佐知は、カップをソーサーに戻して先ほどの兎の隣に並んでいる黒猫のぬいぐるみに視線を移した。

この猫も、ハンドメイドなのだろうか。真っ黒な毛と、薄い水色の瞳が綺麗《きれい》だ。

壁にかかっているレトロな振り子時計から鳩が飛び出したことで、ハッと顔を向けた。

十六時だ。アルバイト先の居酒屋はさほど遠くないが、移動時間を考えればそろそろここを出なければならない。

カウンターを見回しても伝票の類は目につかなくて、青年におずおずと声をかける。

「あ、あのお代を」

メニューにはカフェオレの文字に続いて四百円と記されていたけれど、税込か否かがわからない。

ジーンズのポケットから財布を取り出した佐知に、カウンターの内側にいる彼は穏やかな微笑を浮かべて答えた。

「ありがとうございます。四百円です」

「……ごちそうさまでした。すごくおいしかったです」

ピッタリの額をカウンターの上に置いて、腰かけていたスツールから降りる。青年は、カップを下げながら、

「よければ、またいらしてくださいね」

そう、お決まりの言葉を返してきた。

うなずいて踵《きびす》を返した佐知は、木枠の扉を押して外に出て……今出てきたばかりの店内を振り返る。

祖父がいた頃と、ほとんど変わらない空気が流れていた。テーブルやコーヒーを淹《い》れる道具も、たぶん祖父が使っていたままで……。

「うん。また、来よう」

小さな独り言を残して、歩き始める。

今日は聞けなかったけれど、今度はあの青年に祖父のことを尋《たず》ねてみようか。

大切な場所が形を変えることなく残っていたのが嬉しくて、佐知は自然と頬を緩ませながら早足で駅を目指した。

《二》

「よし、終わり」

最後に残しておいた直径三十センチほどの大皿を洗い終えた佐知は、大きく安堵《あんど》の息をついた。

今日は、一枚も割らずに皿洗いをこなせた。

こうして居酒屋でアルバイトをするようになって二週間近く経つけれど、連日のようにグラスや皿を割っていたのだ。

店主や先輩スタッフは、「酔った客が割ることも多いし気にするな。それより怪我をしないように」と言ってくれるが、やはり気にならないわけがない。

濡れた手をタオルで拭いていると、佐知がアルバイトをしている居酒屋『豆狸《まめだぬき》』の店主である若田《わかた》が、事務室になっている奥の小部屋から出てきた。

「佐知、お疲れ。まかない用意するから、食って帰れ」

「はーい。ありがとーございます」

佐知が笑って答えるのと同時に、グゥと腹の虫が大きな音を立てる。一瞬、キョトンと目をしばたたかせた若田は、声を上げて笑った。

「今日は、団体さんがいたせいで休憩がとれなかったもんな。すぐに準備してやるから、しっかり食え！」

「うん」

照れ笑いを滲ませて、頭巾《ずきん》代わりに頭に巻いていた黒いバンダナを外した。ついでに、腰の後ろで紐を結んである揃いの黒いエプロンも解く。

そうしているあいだに若田が手早くまかないを作ってくれて、調理台にもなっているカウンターの隅に湯気の立つ大きな丼が置かれた。

「どーぞ。鶏モモが余ったから、親子丼な」

「わーい、すげー嬉しい。親子丼、大好き！」

歓声を上げた佐知は、うきうきと調理台の下に引っ込めてある丸椅子を引き出して、そこに腰を下ろす。

いただきます、と両手を合わせて添えられているスプーンを手に取った。

「……こっちの生活には、もう慣れたか？　地元と比べたら忙《せわ》しないだろ」

隣に並んで腰を下ろしながら尋ねられて、ピクッと手を震わせた。

表情を変えないように気をつけつつ、意識してサラリと言葉を返す。

「慣れた、かな。おれ、十二歳までは政令指定都市ってやつに住んでたし」

「ああ……そういやそうか」

彼は、同郷の出身なのだ。

高校の同級生の兄で、『東京に出るなら、俺のところでバイトしろよ。バイト代は高くないけど』という言葉に甘えて、世話になっている。

あの土地に引っ越したのは十二歳の時だけれど、佐知の置かれた『境遇』というものは、コミュニティの密な田舎では誰もが知っている。今はこうして地元を離れていても、彼も例外ではないはずで、だからこその「ああ」なのだろう。

なんとも形容し難《がた》い気まずそうな声を出させてしまったことが、佐知にしてみれば申し訳ない。

だから、親子丼をスプーンに掬って口に入れた佐知は、能天気に笑って話題を変える。

「親子丼、すげー美味《うま》いよ。でも、こんな上品な量じゃちょっと足りないかも。メチャクチャ腹減りだったんだよね」

「お、おー……それは悪かった。ポテトサラダと、あとは……ああ、牛筋の味噌煮込みもあるぞ。好きなだけ食え！」

急いで席を立った若田が、冷蔵庫を開けて大きなボウルごとポテトサラダを佐知の目の前に置いた。

味噌煮込みは、親子丼の丼と同じサイズの器にこんもりと盛られて……思わず苦笑した。

「さすがに、この量は食えないかもしれないけど。ありがたくいただきますっ」

せっかくの若田の気遣いなので、限界まで胃に収めよう。

よし、と気合を入れた佐知は、差し出されたフォークを受け取ってポテトサラダに差し込んだ。


居酒屋『豆狸』の営業時間は、十七時から午前一時まで。先輩スタッフは閉店後の片づけまで残っているのだが、未成年ということもあって佐知は終電ギリギリに帰宅させてもらっている。

それでも、駅から徒歩十五分のアパートに帰り着く頃には深夜だ。

周りが静かなせいもあり、築四十年になるという古びたアパートの金属製の外階段は、気をつけていてもギシギシと軋んだ音を立てる。

そっと鍵を開けて玄関スペースに入ると、後ろ手で施錠して手探りで部屋の電気を灯《とも》した。

「はぁ……ただいま、っと」

一人暮らしの部屋は無人だけれど、帰宅の挨拶《あいさつ》を口にする。靴を脱いで部屋に上がり、薄手の上着から袖を抜きながら大きく息をついた。

立ち仕事なので、脹脛《ふくらはぎ》の筋肉が張っている感じがする。

「ただいま」

今度は、誰もいない空間に向かっての『ただいま』ではない。……相手からの返事はないけれど。

畳にしゃがみ込んだ佐知は、両手を伸ばしてたった今挨拶をした相手を手に取った。

「今日は皿を一枚も割らなかったぞ。あと、バイトに行く前、祖父ちゃんの喫茶店があったところに行ってみたんだけど……なんと、店があったんだ。ほぼそのままで、めっちゃビックリした」

佐知が『今日一日の報告』をしているのは、大きなキリンのぬいぐるみだ。きちんと計ったことはないが、体高は五十センチほどあるだろう。

ぬいぐるみといっても、極端にデフォルメされたものではなくキリンの特徴が細部まで反映されており、かなり精巧な作りだと思う。

キリンと言えばコレ、と誰もが連想するであろう網目柄で、口には何故《なぜ》かフェルトでできた三日月を銜《くわ》えている。

キラキラとしたガラス製の真っ黒な瞳を見ていると、あの喫茶店のカウンターに置かれていた兎を思い出した。

「喫茶店に、兎のぬいぐるみがあったんだけど……おまえとよく似た目をしてたなぁ」

キリンの頭部にある茶色の角の部分を軽く握りながら、ポツポツ口にする。

あの兎は、作家さんのハンドメイドだと言っていた。今、佐知が両手に持っているキリンも、ぬいぐるみ作家の一点ものらしいのだ。

このキリンが佐知のもとへと来たのは、七年ほど前。当時、健在だった祖母が送ってくれたのだ。

十二歳にもなる男に、なにを思ってぬいぐるみをプレゼントしたのか、尋ねる相手のいない今となっては謎のままだ。

でも、あの頃の佐知にとって、慰めになったことは確かだった。

十二歳という年齢は、感情をあけすけにすることができない程度には自尊心が高く、でも大人になり切れるわけもなく……。

くじけそうになった時や淋しさに押しつぶされそうな夜、泣き言を零《こぼ》せるのはこのキリンだけだった。

恥ずかしいから誰にも言ったことはないけれど、十八歳になった今でも、このぬいぐるみを抱かないと寝られない。高校の修学旅行の際など、最後のほうは睡眠不足で倒れそうになっていた。

「祖母ちゃんの手紙には、常連さんからもらった……って書いてあったんだよな。もしかして、あの喫茶店に今でも通っているのかな」

キリンに添えられていた、祖母の手紙を思い浮かべる。

息をついて、手元に来てから何度も見詰めた、キリンの尻尾のところにある布製のタグに視線を落とした。

「兎にこのタグがあるかどうか、見ておけばよかった」

白いタグには、淡い水色の糸で『ＮＡＲＵＭＩ』という控え目な刺繍《ししゅう》が施されている。製作者の銘《めい》だろう。

「今度行った時、店の人に聞いてみようかな」

もし、祖父が経営していた時と同じように今もあの喫茶店に通っているのなら。あそこで、この『ＮＡＲＵＭＩ』さんに逢うこともできるのでは。

そんなふうに考えると、これまでは佐知の頭の中にしかいなかったナルミという人物が、途端に現実味を帯びる。

「うわ、なんか急に緊張してきた」

まるで、テレビで目にする芸能人のような遠い存在だった。それが、姿を見られるかも……それどころか、会話までできてしまうかもしれない。

一人で頬を紅潮させた佐知は、ギュっとキリンの首を抱き締める。

「もし、逢えたら……さ。今もおまえを大事にしてる、って伝えたいな」

このキリンに、佐知がどれだけ助けられたか。そして、キリンが三日月を銜えているのはどうしてなのか。

言いたいこと、聞きたいことがいくつもある。

「明後日、また行ってみよう」

日曜日は、『豆狸』の定休日だ。

大きく息をついた佐知は、緊張と期待の入り交じった胸の高鳴りを感じながら、キリンを抱き締める腕に力を込めた。

□□□

「やっぱり、歩いたほうが早かったな」

佐知が住むアパートから、喫茶店『風見鶏』までは、ゆっくり歩いても二十分かからなかった。

それぞれの最寄り駅からの距離がほぼ同じで、幸運にも同じエリアに位置するようだ。きっと、佐知のアパートから『風見鶏』の最寄り駅までも、五分そこそこしか変わらず辿り着ける。複数の路線が張り巡らされている、都会ならではだ。

昼過ぎの喫茶店は、混んでいるかもしれない。

そんな佐知の予想に反して、そろりと扉を開けて覗《のぞ》いた『風見鶏』の店内には静かな空気が流れていた。

テーブル席に客の姿はなく、カウンターの端に男性の背中が見えるだけだ。

「いらっしゃい。……あ」

カウンターの内側には、先日と同じ青年の姿があった。つい最近訪れた佐知のことを憶えているのか、目が合うと人懐こい笑みを向けてくる。

「お好きな席にどうぞ」

「……はい」

うなずいた佐知は、一昨日と同じカウンターの端に着席する。

さり気なく窺《うかが》い見た反対側のカウンターにいる男性は、この前出入り口のところで佐知が意図せず進路妨害をしてしまった人だった。

やはり、常連だったようだ。飲食するでもなく、手元にノートらしきものを広げてペンを走らせている。

「なににしますか?」

佐知が腰を落ち着けるのを見計らってカウンター越しに声をかけてきた青年に、先日と同じく、

「カフェオレをお願いします」

と答える。

うなずいた青年がコーヒーを準備する音だけが、静かな店内に響いた。

カフェオレができるのを待つあいだ、佐知は先日と同じ場所に鎮座《ちんざ》している兎のぬいぐるみをジッと凝視した。

「お待たせしました。それ……気になる？」

佐知がマジマジと見ているせいか、カウンターにコーヒーカップを置いた青年がクスリと笑って尋ねてきた。

「あ……」

バカにした雰囲気ではないが、笑われてしまった。この歳の男がぬいぐるみに興味を示すのが、珍しいのかもしれない。

変に思われてしまっただろうか。

兎から視線を逸《そ》らした佐知は、コーヒーカップに手を伸ばしながら、しどろもどろに答える。

「あ、え……っと、手作りだとお聞きしましたけど、すごく上手だなと思って。有名なプロの人が作っているんですか？」

「有名……かどうかは、素人《しろうと》の僕にはよくわからないけど、業界では名前の通った人らしいですね。この猫も、あっちのライオンも……同じ人の作品です」

佐知の前に、長毛の猫とデフォルメされた愛らしいライオンが並べられる。カフェオレの入ったカップをテーブルに置いて、そっと指先を伸ばした。

「触っても大丈夫ですか？」

「どうぞ」

青年がうなずいたのを確認して、猫を手に取る。兎と同じくらい、ふわふわの毛に包まれている。

耳や尻尾を指先で辿り、尻のところにあるタグをさり気なく指先で摘《つま》んだ。そこに視線を落とし、

「……っ！」

淡い水色の糸で刺繍された『ＮＡＲＵＭＩ』という英字に息を呑む。

やっぱり、『ＮＡＲＵＭＩ』だ。佐知のところにある、キリンのタグと寸分も違《たが》わない……。

期待していたままの結果に、一気に心拍数が跳ね上がるのを感じた。勢いよく顔を上げて、カウンターの内側に立つ青年に尋ねる。

「あのっ、この『ＮＡＲＵＭＩ』って、製作者さんの名前ですか？」

身を乗り出して口を開いた佐知の勢いに、彼は少しだけ驚いたふうに目を瞠る。数秒の間があり、小さく首を上下させた。

「そうですが。……どうかした？」

佐知が、なにを思ってそんなことを尋ねたのか。図りかねているのだろう。怪訝《けげん》そうな顔をしている。

「この、『NARUMI』さんのこと、知ってますかっ？」

急いた気分で質問を重ねた佐知に、青年は微笑を引っ込めた。真意を探ろうとしているかのように、ジッと佐知を見詰めてくる。

そこでようやく佐知は、不審者扱いされても仕方がない質問をぶつけてしまったと我に返る。

「あ、あの……おれ、実はキリンのぬいぐるみ……っと、その前に名を名乗れって感じですよね。嶋野《しまの》佐知っていいます。えっと、あとは……」

焦るあまり、頭に浮かぶまま整頓されていない言葉が口から飛び出す。恥ずかしさに、首から上に血が集まるのを感じた。

そうして佐知が一人でおろおろしていると、青年が「あれ？」と首を傾げる。

「嶋野、佐知くん。その名前、聞いたことがあるなぁ。もしかして、この喫茶店の前のオーナーは君のお祖父さんじゃないか？」

「そっ、そうです！」

救われた気分になって、コクコクと何度もうなずく。なにからどう話せばいいのかわからなくて、ギュッと唇を引き結んだ。

どことなく警戒を示していた青年の表情が緩み、微笑が戻ってくる。

「そっか、君が……。自分で言うのもなんだけど、こんなレトロな喫茶店って、若い子が一人でふらっと入るような店じゃないだろ。なのに、一昨日と今日……続けて来たから、なんだろうなって少し不思議だったんだ」

合点《がてん》がいった、と笑って口にした青年は、当たり障《さわ》りのない営業用のものではなく親しみを込めた目で佐知を見ている。

拒絶されていないと伝わってくる彼の態度に落ち着きを取り戻した佐知は、ここを訪れた経緯を伝えた。

「おれ、地方に住んでたんですけど、この春高校を卒業してちょっと前に上京したんです。……お祖父ちゃんの店、このあたりだったなぁと思って来てみたら、そのままだったから驚きました」

「うん、マスターがいた頃のままにしてある。もともと僕は、ここの常連だったんだ。マスターが体調を崩した時に、店を畳むって聞いてね。大好きな喫茶店がなくなるのが残念で、頼み倒して引き継がせてもらった」

「そう……ですか」

なるほど、とうなずく。

だから、佐知の記憶にあるままの空気を留めているのか。

懐かしいような、嬉しいような、切ないような……複雑な気分になって、改めて店内を見回した。

テーブルも、床も、天井も。自然な木のぬくもりを感じさせる。

「おっと、そうだ。僕も名を名乗らなければいけないな。志水寿人《しみずひさと》といいます。この喫茶には、学生の頃から通っていたから……君のお祖父さんとのつき合いは、十年くらいになるかな。お祖母さんのことも、知ってるよ」

「…………」

この広い都会で、何年も前に亡くなった祖父や祖母のことを知っているという存在に出会えるとは思わなくて、無言で目をしばたたかせる。

そんな佐知を、志水と名乗った青年は微笑を浮かべて見ていた。そして、ふとなにかを思いついたかのようにカウンターの端へ目を向ける。

「あと、あいつも……っと、穂高《ほだか》？」

志水がなにか言いかけたところで、そこに腰かけていた男が席を立った。

物静かだったせいで、長身の男性なのに存在を忘れかけていた。

「おい、帰るのか？」

「……ああ」

話しかけた志水に短く一言だけ答えると、黒いバッグを肩にかけて戸口へ向かう。それきり振り返ることもなく、扉を押して出て行った。

「あの、おれがうるさくしたから……」

静かな時間を過ごしていたのに、場違いな佐知が空気を乱したせいで気に障ったのだろうか。

そう心配になって、しゅんと肩を落とした。

「違う違う。君のせいじゃない。あいつも、僕と同じく昔からのここの常連なんだけど……よく言えば、究極のマイペース人間なんだ。無愛想で怖い顔をしているけど、悪気はないから気にしないで大丈夫。しゃべりが苦手だから、昔話に引っ張り込まれそうな気配を察して逃げたんだろうな。ヘタレめ」

腕組みをした志水は、そそくさと出て行った男に対して容赦なく『ヘタレ』と言い放ち、仕方なさそうな苦笑を浮かべた。

自分が悪かったのかも、という懸念《けねん》を笑って一蹴された佐知は、ホッと安堵する。

「ええっと、なんだったか……お客さんもいないし、君に時間があるようならゆっくり話そうか。隣、いい？」

「……はい」

コクンとうなずいた佐知に、志水は微笑を深くする。私物らしいマグカップを手にして、カウンターの内側から出てきた。

佐知の隣に腰かけて、「改めて」と口を開く。

「志水寿人、三十一歳です。マスター……君のお祖父さんとお祖母さんには、大学生の頃からお世話になった。金欠でご飯を食べられない時とか、モーニングセットをワンコインで食べさせてくれたり、トーストをオマケしてくれたり……皿洗いで飲食代金を免除してもらったこともある」

志水は懐かしそうに語りながら、「こーんな、分厚いトーストを食べさせてもらったこともあるよ」と、人差し指と親指で五センチほどの隙間を作る。

自分の知らない祖父母を、この人は知っている。そう思えばなんだか不思議で、佐知は居住まいを正して志水の話に耳を傾けた。

「この喫茶店を引き継いだ経緯は、さっき話したとおりだけど……佐知くんは、長野に住んでたんだっけ？」

そう話を振られて、どう答えるか少しだけ考えた。

祖父母との交流があっても、孫の佐知のことをどこまで聞かされているかはわからないのだ。

「そうです。先日、高校を卒業して……上京してきました。地方の若者は、都会に憧《あこが》れるものなんです」

ヘラリと笑って、居酒屋のアルバイト仲間にしたのと同じ説明を口にする。

志水は微笑を浮かべたままで、佐知の言葉をそのまま受け取ったのか『事情』を祖父母から聞いているのか、窺い知ることはできなかった。

「今は、学校に通ってるの?」

なんのために、わざわざ田舎から出てきたのか。進学目的でもあれば、不自然ではなかっただろう。

でも佐知としては、都会に出てきたかったというよりもあの土地を離れたかったというのが本音で、どうしても答える声が小さくなってしまう。

「いえ、知り合いの居酒屋でアルバイトをさせてもらってます。気楽なフリーターってやつです」

能天気な笑みを浮かべると、カウンターにある兎と目を合わせた。

キラキラとした黒い瞳が、ジッと佐知を見詰めている。

澄んだ瞳は、まるで、強がりや虚勢を見抜いているみたいで、そっと視線を逃がす。

「なるほど」

なにを思ったのか読めない静かな声でつぶやいた志水は、佐知の視線を辿ったのか……カウンターに鎮座している兎のぬいぐるみを手に取った。

「この前も、興味を持ってたみたいだけど……ぬいぐるみ、好き?」

小さな子供をあやすように、佐知の目の前に兎を差し出して軽く左右に振る。

バカにされているとは感じないが、カッと頬が熱くなった。

「ぬいぐるみが好きって言うか、その……ぬいぐるみを作った人、ナルミさんっていうんですか？」

「うん？　なんで、ナルミ……って？」

小首を傾げた志水に不審そうに聞き返されてしまい、悪いことをしているわけではないのに焦燥感《しょうそうかん》が滲む。

「あの、タグに刺繍が……あるから。製作者さんの名前かな、と」

言い訳じみた調子になったかもしれないが、志水が手にしている兎の尻部分にあるタグを指差しながら答えた。

「タグの刺繍か。……うん、そう。ナルミって人が作ってるんだ」

志水がすんなりとうなずいたことで、佐知は一気に心拍数が上がるのを感じた。

これまで捉えどころのなかったものが、いきなり形を成そうとしているみたいで、勢い込んで質問を重ねる。

「知り合いですかっ？」

「……どうして？」

志水は、勢い込んで尋ねた佐知に不審を抱いたというより、純粋に不思議そうな顔をしている。

「えっと、ぬいぐるみをハンドメイドで作るなんて、どんな人かなって思って」

「可愛いものが大好きな、キュートで可憐《かれん》な女性……」

「本当ですかっ？」

「かもしれないし、定年退職後に時間を持て余しているオジサンかもよ」

身を乗り出した佐知の鼻に、兎の鼻先を触れさせて言葉を続けた。

志水がどんな顔をしているのか、兎に視界を塞がれている佐知には想像するしかないが……間違いなく、からかわれている。

ムム……と唇を引き結ぶと、兎がスッと引かれた。

「ごめんごめん。君があんまり素直だから。真面目な話、人様のプライベートを勝手にしゃべれないいな」

「そう……ですよね。ごめんなさい」

志水のもっともな言葉に、ムッとしたことを反省する。

しゅんとして謝った佐知に、志水はわずかに逡巡するような表情を浮かべて、小さく嘆息した。

「でも、そうだな。ここで、いつか逢えるかもね」

「お客さん、ですか？」

「……うん」

大きなヒントだ。

佐知にとって、それだけで十分だった。

「おれ、またここに来てもいいですか？」

「もちろん。マスターのお孫さん……ってだけでなく、素直ないい子は大歓迎。ウチの客層の平均年齢を下げてくれるのも、嬉しいね」

若者は貴重だ……と続けてクスリと笑った志水は、どこまで冗談で、どこから本気なのだろう。

なんとも、摑みどころのない人だ。

カラン、と扉に取りつけられているベルが鳴り、お客がやってきたことを知らせる。

戸口に顔を向けた志水が、二人組の女性に「いらっしゃいませ」と声をかけながら立ち上がった。

それをきっかけに、佐知もカウンタースツールから腰を上げた。

ここに来て、一時間余りが経っている。居心地のいい空気のおかげで、随分《ずいぶん》と長居をしてしまった。

「ごちそうさまでした。お代、ここに置きます」

財布から百円玉を四枚取り出して、コーヒーカップの脇に置く。志水は、小さく「ありがと。またね」と言いながら佐知に手を振ってきた。

バッグを肩にかけた佐知は、一昨日とはまた少し違う気分で喫茶店を出る。

「うん……また来よう」

無意識に零れたつぶやきは、意図せず同じものだったけれど。

《三》

そっと扉を押し開くと、カランと上部に取りつけられたレトロなベルが鳴る。

その音に反応して、カウンターの内側に立つ志水が顔を上げる。戸口に立つ佐知の姿を視認すると、ふわりと笑いかけてきた。

「いらっしゃい、佐知くん。バイトは夕方からだっけ?」

「うん、居酒屋だから。出勤前に、軽く食べさせてもらおうかな……と思って」

三日にあげずに『風見鶏』に通うようになって、もうすぐ一ヵ月。

この喫茶店の常連の仲間入りを果たした佐知は、志水に答えながらカウンターの定位置へと向かいかけ……途中で歩みを緩ませて、進路を変更した。

目的地は、佐知の定位置とは対極になるカウンターの端にある、大きな背中の主だ。

いつもと異なる行動を取る佐知に、志水は「おや?」という顔をしたけれど、微笑を浮かべたままなにも言うことなく佐知の行方を視線で追った。

「……あの、おれ、いつもうるさくないですか?」

足を止めた佐知は、カウンタースツールに座っている男性の斜め後ろから、そろりと話しかける。

志水が「穂高」と呼んでいた男性は、当初それが自分に向けられた言葉だと思わなかったようだ。

佐知の声は聞こえているはずなのに、手にした文庫本から視線を上げることもない。

もう一度、声をかけようか。いや、無視されているのだから、話しかけるなという無言の拒絶だろうか。

次に取るべき行動を迷っていると、志水が助け舟を出してくれた。

「おーい、穂高。佐知くんを無視するな。失礼な」

「え？　……あ、ああ」

カウンター越しに志水が名前を呼びかけたことで、驚いたように文庫本を閉じる。志水の視線を辿り、斜め後ろの佐知を振り向いた。

「すまない。なにか……？」

居合わせることは多かったけれど、直接会話をするのは初めてここを訪れた時に戸口のところで鉢合わせて以来だ。

まともに視線を合わせたのも、あの時以来で……改めて、端整な容貌の男前だと心の中で感嘆する。

「いえ、特に用事があったわけじゃないんですけど……おれ、いつも志水さんとしゃべってるから、うるさいんじゃないかな、って心配になったんです。邪魔をしていたらごめんなさいって、言いたくて……」

ずっと気にかかっていたのだが、声をかけるタイミングをうまく見つけられなかった。

今日は、ここに彼がいたら話しかけてみよう……と決めていたのだ。そして、うるさそうにされなければ話してみたかった。

志水からは、祖父がいた頃からの常連仲間だと教えてもらっているけれど、穂高自身から話を聞いたことはない。

寡黙そうな人なので、佐知が話しかけたところで相手をしてくれるかどうか……半ば賭《か》けだった。

「気にしなくていい。君がいなくても、志水が一人でしゃべっている」

佐知の不安は、邪魔そうな顔をせず穂高が答えてくれたことで一掃される。

志水のように、愛想よく笑ってくれるわけではないが、少なくとも佐知を疎《うと》ましがっている雰囲気ではない。

穂高が佐知に応えたからか、カウンターの内側で黙って成り行きを見ていた志水が参加してきた。

「おいおい、人を独り言魔人みたいに言うな。会話のキャッチボールが成り立たないのは、しゃべるのを面倒がるおまえに原因があるんだよ」

おまえが悪い、と胸元を指差された穂高は、端整な顔にほんの少し苦笑いを浮かべて反論した。

「仕方ないだろう。今更、おまえとどんな話をする？　毎日のように顔を合わせているし、いい加減ネタ切れだ。俺は、好みのコーヒーが飲めたらそれでいい」

「……長年連れ添った夫婦みたいですね」

ポツリとつぶやいた佐知に、穂高と志水はほぼ同時に視線を投げてきた。そして、示し合わせたかのように「やめてくれ」と異口同音に苦情を口にする。

見事なタイミングだ。性格は全然違うようでいて、やはり気の合う友人同士なのだと……それだけで察せられた。

仲がいい、と佐知が感想を述べる前に、志水が嫌そうにぼやいた。

「冗談の喩《たと》えでもごめんだ。佐知くんみたいに可愛い子ならともかく、穂高と……うぇぇ、その単語を口にしたくもない」

「俺も、まったく同じ言葉をおまえに返す」

嫌そうな顔で睨《にら》みあいながら、相手を「嫌だ」と言いつつ……目が笑っている。親しいからこそ、成り立つ会話に違いない。

クスリと唇に笑みを浮かべた佐知は、穂高の隣のスツールに手をかけた。

「ここ、座っていいですか?」

「……ああ」

穂高がうなずいたのを確認して、腰を下ろす。佐知が落ち着いたのを見計らって、志水が声をかけてきた。

「いつものカフェオレでいい?」

「はい。お願いします。あ、あと……卵サラダのホットサンドを」

夕食は、アルバイト先の居酒屋でまかないを食べさせてもらえるけれど、その前にエネルギーを補充しておきたい。

志水の作るホットサンドは、シンプルながら絶品なのだ。

了解しました、とうなずいた志水がカウンターの内側で作業を始める。佐知は、穂高がついさっきまで手に持っていた本にチラリと目を向けた。

いつも、なにを読んでいるのか気になっていたけれど……布のブックカバーがかかっているので、わからない。

「穂高さん、ですよね。志水さんから、祖父がいた頃からここに通っているって聞いていますが……祖母のことも、知ってますか?」

おずおずと話しかけた佐知に、穂高は疎ましそうな顔をすることなく、かすかにうなずいて言葉を返してきた。

「もちろん。志水と同じくらい世話になった。志水のコーヒーは……先代のマスターが淹れるコーヒーに遠く及ばないが」

横目で志水を見遣《みや》って、淡々と口にする。サイフォンをセットしていた志水は、苦笑を浮かべて穂高に言い返した。

「マスターとはキャリアが違うんだから、仕方ないだろ。文句があるなら、自分で淹れろ。手先が器用なくせに、面倒がりやがって」

「……俺よりおまえのほうがマスターの味に近い」

基本的に寡黙だけれど、人嫌いというわけではないのだろうか。あまりにも顔が整っているので、表情がなければ近寄りづらい印象ばかりが先立っていた。

これまで穂高に話しかけなかったのは、もったいなかったかな……と少し後悔する。

「お待たせ、佐知くん」

「あっ、ありがとうございます。いただきます！」

目の前に置かれたコーヒーカップとホットサンドの載せられた皿を手元に寄せて、両手を合わせた。

チラチラと時計を気にしながら、軽食を頬張る。

佐知が話しかけることをやめたからか、穂高はカウンターに置いていた本を再び手に持った。

どう言えばいいのだろう。纏《まと》う空気が、落ち着いていて……佐知が憧れる『大人』を体現しているみたいな人だ。

志水も紛れもなく大人ではあるけれど、仕事柄か失礼な表現だけれど少し八方美人な感じがする。

でも、常にマイペースな穂高は、一匹狼といった雰囲気なのだ。

滅多《めった》なことでは動じたりしなさそうな硬派な印象は、実際の年齢より幼く見られがちな佐知にとって羨望《せんぼう》するしかないものだった。

正面のカウンター上には、やはりぬいぐるみが鎮座している。佐知の定位置の前にあるのは兎だけれど、ここにあるのは猫とライオンだ。

「……ナルミさん、のだよな」

カフェオレを飲んで最後の一口を喉に流し、ポツリとつぶやく。佐知の独り言が聞こえたのか、穂高が顔を上げるのが視界の隅に映った。

「あ、ここのぬいぐるみ……全部同じ人が作っている、って志水さんに聞いてるけど、猫がナルミさんの作品だったから、このライオンとかもそうだろうなぁ……？」

佐知が語尾に疑問を滲ませて口を噤むと、志水が笑ってうなずいた。

「触っていいよ」

「じゃあ……」

遠慮なく手を伸ばして、ライオンを手にする。

猛獣だからか、リアルな兎や猫より可愛らしくアレンジされている。雄ライオンの証《あかし》、ふわふわの立派なたてがみは触り心地がいい。

瞳は艶々とした黒いガラスで、ジッと見詰める佐知の顔が映り込んでいた。

無言でライオンを見詰めていると、

「『NARUMI』のファンなんだって」

「……へぇ」

そう志水が口にして、穂高が短く相槌《あいづち》を打つ。やはり、穂高も『NARUMI』さんを知っているに違いない。

ライオンを手に持ったまま、佐知は隣にいる穂高を見遣った。

「あの……穂高さんも、ナルミさんを知っているんですね」

「そうだな」

こちらを見ることもなく、感情を窺わせないサラリとした肯定が返ってくる。本に視線を落としたままで、佐知に詮索の余地を与えてくれない。

言葉を続けられずにいると、志水が身を乗り出すようにして尋ねてきた。

「佐知くんは、『NARUMI』をどんな人だと思ってる?」

「……笑うから、言わない」

「笑ったりしないって約束するから、聞かせてよ」

志水は、唇にほんのりとした微笑を浮かべて目を合わせてくる。確かに、この人は佐知の勝手な想像をバカにしたりしないと思う。

でも、穂高は？

そろりと隣を窺うと、穂高は我関せずといった様子で本を読み続けていた。

「『NARUMI』を知ったきっかけは、キリンのぬいぐるみ……だったっけ？」

志水には、『祖母からもらったキリンのぬいぐるみに、名前が刺繍されていた』と話している。

未だにキリンのぬいぐるみを抱いて眠っているとまでは、言えないけれど。

「そう……です。おれのキリンも、ここの兎やライオンも……あったかい感じがする。優しくて、純粋で……顔とか外見じゃなく綺麗な人なんだろうなって、思います。春の陽だまりみたいなイメージかな」

ポツポツと話しながら、春の陽だまりに喩えるなど、我ながら乙女思考だろうかと気恥ずかしくなった。

でも志水は、笑わないという約束どおりバカにすることなく、温和な表情で「なるほど」とうなずく。

「もし、想像と全然違う感じだったら幻滅する？」

「まさかっ。おれが、勝手にそう考えているだけだから……そんな失礼なこと、しない。前に志水さんが言ってたみたいに、オジサンだったとしても幻滅なんて！」

顔の前で忙しなく両手を振って「絶対に」と否定する佐知に、志水は意味深な笑みを滲ませる。

もしかして、またからかわれたのだろうか。

「おれ……あのキリンに、すごく助けられた。恩人……じゃなくて、恩キリンみたいなものだから、作ってくれてありがとうって言いたいだけ」

カウンターに視線を落として、そっと口にする。

志水は、

「そっか。『NARUMI』本人が聞いたら、喜ぶだろうな」

と言って、そこで『NARUMI』の話を切り上げた。

志水と佐知のやり取りが聞こえているはずの穂高は、相変わらず周囲に無関心な様子で本に目を落としたままだ。

「あ、おれ……そろそろバイトに行かなきゃ。ごちそうさまでした。おいしかった！　穂高さん、邪魔してごめんなさい」

カウンターにカフェオレとサンドイッチの代金を置いて、スツールから降りる。本に集中しているみたいだから耳に入らないかも、と思いつつ穂高に声をかけたけれど、

「……いや」

チラッと佐知を横目で見て、短く返してくる。

聞こえていないかのような素振りだったが、やはり志水と佐知のやり取りは耳に入っていたに違いない。

「じゃあ、また」

「ありがと。行ってらっしゃい」

朗らかに手を振ってくれた志水に頭を下げて、『風見鶏』を出た。

駅に向かって早足で歩きながら、佐知は扉を閉める直前目に入った大きな背中を思い浮かべる。

穂高は、……なにをしている人なのだろう。会社勤めではないはずだ。でも、無職という単語から連想するような荒《すさ》んだ空気はない。

夜の仕事……とか？　豆腐屋とか新聞配達関係だと、早朝に仕事を終えているという可能性もあるか。

想像力と社会経験の乏しい佐知には、見当もつかない。

佐知にとって、なにもかもが謎の人だ。

「志水さんは無愛想って言ってたけど、そんなに怖い感じもないし……？」

よくわからないからこそ、気になるのかもしれない。

首を捻りながら頭の中に穂高を思い描き、駅前の横断歩道を走り抜けた。

□□□

駅の改札を出たところで、眩暈《めまい》に耐えられなくなった。道の端に座り込み、「うぇ」と口元を手で覆う。

「うぅ……失敗した。頭、ぐらんぐらんする……」

今日は日曜日で、佐知がアルバイトをしている『豆狸』は本来定休日だ。けれど、ドアに定休日のプレートをかけておいて、新しくアルバイトに入ることになった大学生の歓迎会が催《もよお》されたのだ。

現在の『豆狸』のアルバイトは、佐知を入れて五人。学生のアルバイトは曜日や時間によってメンバーが変わるので、営業時間中に全員が顔を合わせることはまずない。歓迎会は、貴重な顔合わせの場でもあった。

この春に大学に入学したところだという新しいアルバイトの女の子と佐知は同じ年で、二人だけ未成年だ。

だから、二人でノンアルコールのソフトドリンクを口にしていたのに……そそっかしい佐知は、甘いカクテルを間違えて飲んでしまった。

一口含んだ時点で、気がついていたらよかった。けれど、オレンジジュースが主張していたことで口当たりがよく、カクテルだと認識しないままグラスの中身を飲み切ってしまったのだ。

数分後、動悸が激しくなったことで遅れ馳《ば》せながら「お酒、飲んじゃったかも」とつぶやいたのだが、慌てたのは、居酒屋の店主でもある若田だった。

急いで水を飲めと、大きなジョッキを握らされて大量の水を飲まされてしまった。

大丈夫か、気分は悪くないかと気遣ってくれたけれど、初めてアルコールを摂取したわりに平然としている佐知を見て、拍子抜けしたような顔をした。

強がっていたわけではなく、あの場では本当に平気だったのだ。顔だけでなく、身体全体がポカポカして高揚感《こうよう》に包まれて、なんともいい気分だった。

愉快な気分のまま、アルバイト仲間と大盛り上がりをして親睦を深め、日付が変わる前に電車に乗り込んだ。

終電間近の電車に揺られること、約十五分。

熱かった顔から熱が冷めるにつれて、視界がグラグラと不安定に揺れ始め……辛うじてアパートの最寄り駅で電車を降りて改札を出たけれど、こうしてしゃがみ込んでいても世界が回っている。

ジュースとカクテルを間違えるという自分の迂闊《うかつ》さを呪いたくなったが、後の祭りだ。

「なーんか、世界が白いぃ。夜なのに、変なの」

ゆっくりと顔を上げた佐知は、霧に包まれているかのような奇妙な感覚に目をしばたたかせる。

手の甲で目元をゴシゴシ擦っても、視界はぼやけたままだ。

「うぅ……身体、重い」

しゃがんでいるのも億劫《おっくう》になり、道端に寝転がってしまおうかとアスファルトの地面に膝をついたところで……誰かに肩を掴まれた。

「んにゃ？」

ぽわんとした心地のまま、斜め後ろを見上げる。誰かが、背中を屈めて自分を見下ろしているのはわかるけれど、終電間際の駅前は明かりが乏しく、視界が不明瞭なのも相俟《あいま》ってはっきり顔を見ることができない。

誰……だろう。

ぼーっとしている佐知に、そこにいる誰かが短く問いかけてきた。

「大丈夫か？」

「んー……たぶん」

コクン、とうなずいて答えたけれど、頭を動かしたことで更に視界が歪む。

佐知は、「うぅぅ」と小さく喉の奥で唸《うな》り、両手で頭を抱えた。

「目……目が、回る」

「飲んでいるのか、未成年」

佐知を咎《とが》める響きの声ではなかったが、好きでアルコールを口にしたわけではないと伝えたくて弱々しく否定する。

「ま、間違え……た」

「ああ……」

佐知の言葉を信じてくれているのかどうか、確かめる術はない。でも、短い一言からは非難されている空気を感じなかった。

変だ。

気分が悪くてろくに頭が回らないのに、この人の声はすんなりと耳に入ってくる。それも、なんだか安心できるあたたかさを纏っていて……力が抜ける。

「も、寝る」

滲む視界で地面を凝視していた佐知が、大きく息をついて身体を投げ出そうとしたところで、背後から両脇を抱えられた。

「ここで寝るな。立て」

「無理ぃ」

小さな子供のように、ゆるく頭を左右に振る。

ああ……グラグラするから、頭を動かしたくないのに。もうなにも聞かずに、放っておいてくれればいい。

「離……せ」

ボソッと口にして身動《みじろ》ぎしたけれど、佐知の身体を抱える手は離れていかない。

そうか。目を開けているから視界がグルグル回るのだ。目を閉じてしまったら、気持ち悪さもマシになるかもしれない。

そう決めて、ギュッと瞼を閉じる。歪んだり回ったりしていた視界が黒一色になり、心の中で「正解」とつぶやいた。

「一旦、関わったんだ。この状態で見捨てられるか。寝覚めが悪い。ほら、ぐんにゃりしていないでこっちを向け」

「んー……ぅ、ん」

身体の向きを変えられて、目を閉じたまま両腕を差し伸べた。

自分で身体を支えようという努力を放棄した佐知を、目の前にいる誰かが慌てたように抱き留める。

「おい、そんな無防備に……」

「ッ、ん……?」

触れてきた手から、シャツ越しでもぬくもりが伝わってきて……そこで初めて、自分の身体が冷えていたのだと実感する。

　更なるぬくもりを求めて身体を預けようとした瞬間、唇になにかやんわりとしたものが触れた。

　どこか頼りない、ふにふにとした感触は……もしや。

「う、ん？　ちゅー……？」

　ぼんやりと、思い浮かんだ可能性を口にした。そんな佐知に、落ち着いた声で肯定とも否定とも取れる言葉が帰ってくる。

「……不慮の事故だ。軽くかすめただけだから、これはキスにカウントされない。安心しろ」

　ポンポンと、頭に手を置かれた。

　触れてくる手は優しくて、胸に宿ったぬくもりが身体中に広がる。

　かすめただけ、とは言っても……。

「やっぱり、キス……なんだ。じゃあ、おれのお嫁さんになってくださいっ」

「なに？」

「ずっと、決めて、た。ファーストキスの相手と、結婚する……って。だから、おれのお嫁さんになってほしいですっ」

　相手からは、困惑している空気が伝わってくる。

バカにされるだろうから誰にも言ったことはないけれど、子供の頃からずっと、初めてキスをした人にお嫁さんになってもらおうと決めていたのだ。

今の佐知の頭にあるのは、『キスをした』ことにより、『だからお嫁さんになってもらおう』という、単純な構図だった。

相手が誰なのか……はっきりわからないのに、突拍子もないことをしているという自覚はない。

初めて摂取したアルコールが、佐知から冷静な判断力を奪い……思考回路を、単純と笑われる普段以上に直情的なものにしていた。

「お嫁さん……か？」

相手からは、深い困惑が伝わってくる。

それはわかっていたけれど、今の佐知は前進あるのみだ。コクコクとうなずいて、照れ笑いを浮かべる。

「ん、すごく大事にするから、お嫁さんになってほしいです」

「本気か？」

「もちろん！」

頭の上にあった手を、両手でギュッと握り締めて答える。包み込んだ手からは、優しいぬくもりが伝わってきた。

相手の姿は、よく見えない。でも、この手のぬくもりは優しくて……胸の中が、じわりじわりとあたたかくなる。

「ダメ……かな」

しょんぼりとつぶやいた佐知の頭上から、ぽつりと答えが落ちてきた。

「君が本気なら……いいけど」

「本当っ？　あ、じゃあ他人行儀な呼び方じゃなく、佐知って呼んでよ」

勢いよく顔を上げて、笑いかけた……つもりだった。

けれど、急激に頭を動かしたことで眩暈が最大になる。視界は真っ暗になり、全身からストンと力が抜けた。

とうとう道路に転がってしまい、アスファルトに頭を打ちつける……直前に、大きな手が頭と道路のあいだに割り込んできた。

「おいっ、大丈夫か？」

平気……と言い返したはずが、声にならなくて。

不思議なくらい幸せな気分のまま、意識が闇に沈んだ。

《四》

なんだろう。

すごく……あたたかい。

春の陽だまりで、微睡《まどろ》んでいるみたいだ。もしくは、ふわふわの雲の上にいるかのようでたまらなく心地いい。

「ン……もち、い……い」

無意識に微笑を浮かべて、傍《かたわ》らのぬくもりに頭をすり寄せる。頰に触れたやわらかな布の感触に、笑みを深くした。

大きなキリンのぬいぐるみは、常に寄り添ってくれていて……どんな時でも、佐知を優しい気分にしてくれる。

このキリンがいてくれるから、佐知は独りではないと思える。

「ふ……っ」

佐知は、小さく息をついて浮上しかけた意識を再び沈めようとした。

けれど、ポンポンと軽く頭を叩かれながら低い声が耳に流れ込んできたことで、大きく目を見開いた。

「目が覚めたなら、水分を取ったほうがいい」

「な……っに」

佐知が同居しているのは、大きなキリンのぬいぐるみだけだ。おとぎ話ではないのだから、ぬいぐるみのキリンがしゃべったりするわけがない。

じゃあ……この声は？

声の正体を確かめるべく、恐る恐る顔を上げる。

目の前にあるのは、見慣れたキリンの網目模様……ではなくて、予想外の近さに端整な青年の顔があった。

違う。さっき頭をすり寄せたのは、キリンのぬいぐるみではない。

しかも佐知は……この文句なしに男前な人物を、知っている。

「え……穂高、さん……？」

端整な顔の主の名を、呆然《ぼうぜん》と口にする。寝ぼけていて幻覚を見ているのかと忙しなくまばたきをしても、消えることはない。

本物、だ。じゃあ……どうして、穂高が自分の部屋にいるんだ？

見ず知らずの他人がいることを思えば不審さはマシだが、自宅に招くほど深いつき合いがあるわけではない。

頭の中に「なんで？　どうして？」と疑問が渦巻《うずま》いている。

「ど、ど……して穂高さんが、うちに？」

混乱のままポツリとつぶやいた佐知に、穂高は表情を変えるでもなくいつもと同じ落ち着いた調子で返してきた。

「ここは俺の家だからな」

「えっっ？」

穂高の返答に、混乱が増した。

まさか、と思いながら周囲に視線を巡らせる。

……見慣れた、狭いアパートの部屋ではない。

佐知は、自分の部屋にあるはずのないベッドに横になっている。しかも、頭の下には穂高の腕があって……所謂《いわゆる》、腕枕状態だ。

「なんでっっ？」

ガバッと上半身を起こした直後、スーッと血の気が引いた。目の前が真っ暗になって、ベッドに逆戻りしてしまう。

「うう、気分が悪い……。頭、ガンガンする」

これまでにない不快感で、胸がムカムカしている。唸るようにつぶやいて身体を丸くすると、ポンポンと軽く頭を叩かれた。

「二日酔いだろうな。とりあえず、水を飲んで……もう少し寝てろ。話はそれからだ」

「あ、ありがと……ございます」

ゆっくりと背中に手を当てて、身体を起こされる。今度は慎重に動いたせいか、先ほどのような眩暈に襲われることがなくて、ホッとした。

「ほら」

言葉少なに穂高から差し出されたミネラルウォーターのペットボトルは、予《あらかじ》めキャップが開けてあって、彼の気遣いが伝わってくる。

震える両手でペットボトルを摑み、冷たい水を喉に流し込んだ。一口の水に喉の渇きが呼び覚まされたようで、夢中で喉を鳴らす。

「っ、こほこほッ」

一気飲みをしたせいで噎《む》せてしまい、目尻に涙が滲んだ。

「慌てるな。……零れてるぞ」

かすかな笑みを浮かべた穂高が、そう言いながら自分が着ているシャツの袖口で佐知の喉元を拭う。

清潔感のある大人の男、という雰囲気なのに……わりと大胆というか大雑把《おおざっぱ》だ。

たまらなく気分が悪いのに、自然と笑みが浮かぶ。

「やさし……ね」

思い浮かんだことをぼんやりとつぶやいた佐知に、穂高はなにも答えることなく苦笑を滲ませる。

「もういいか？　横になってろ」

「は……い」

佐知がうなずいたのを確認すると、再びゆっくりと横たわらせておいてベッドを降りた。どこへ行くのかと思えば、ベッドを背もたれにして床に座り込む。佐知が手を伸ばせば届く位置だ。

「……気分が悪くなったら、遠慮なく声をかけろよ」

こちらに背中を向けている穂高が、どんな顔でそう言っているのかわからない。

顔が、見たいな。

そう思った佐知は、そろりと手を伸ばして穂高の肩口に指先を触れさせた。

「ん？」

「ぁ、なんでもない……」

振り向いた穂高に、ビクッと手を引っ込める。

志水の喫茶店では、後ろ姿か横顔しか目にすることがなかった。間近で視線を合わせてしまい、変にドギマギとした気分になる。

「寝られなくても、目を閉じていればいい」

そう言いながら、穂高の手が佐知の目元を覆う。

大きな手……触れた指から、ほんのりとしたぬくもりが伝わってきて……素直に瞼を伏せた。

すぐ近くに、穂高の気配がある。

これまでにない安心感に包まれた佐知は、ふっと息をついて身体から力を抜いた。


「す、すみませんでした。なんか、おれ……穂高さんに、すっごい迷惑をかけたんじゃないですか？」

次に目が覚めたのは、夕方近くになった頃だった。十分な休憩を取ったからか、スッキリとした気分だ。

気分の悪さがなくなったことで、正常な思考力が戻ってきた。

ベッドに正座をしてペコペコと頭を下げる佐知を、穂高はなにを考えているのか読めない無表情で見ている。

怒っているのか……な？

こうして謝るよりも、いつまでも図々しくベッドに乗っていないで、さっさと出て行くべきだろうか。

「ホントに、すみませんでした」

うな垂れた佐知は、ギクシャクと正座を崩してベッドから降りた。

佐知が眠りこけているあいだ、手持無沙汰《ぶさた》だったのだろう。穂高は、胡坐《あぐら》をかいた膝の上に画集らしき分厚い本を乗せている。

志水の喫茶店でも、常に本を読んでいるか手元に置いてある。どうやら、すごく本が好きな人らしい。

穂高の手元から視線を逸らした佐知の目に、自分が着ているTシャツの裾部分が映る。

「えっと、あ……服、これ……穂高さんの、ですよね」

今、佐知が着ている半袖Tシャツの袖は、肘あたりまであった。身幅もぶかぶかで、きっと穂高のものだ。

でも、どうして穂高のTシャツを?

ズボン……も、ハーフパンツらしいスウェットだが、佐知の踝《くるぶし》あたりまで丈があるので、穂高のものに違いない。

ゆるく眉を寄せて困惑していると、穂高が種明かしをしてくれた。

「佐知が着ていた服には、土汚れがついていたからな。勝手に脱がせて悪かったが、洗濯機の中だ」

「えっ、そんなことまで……ごめんなさいっ。穂高さんのベッド、汚したらいけないので、助かりましたっ。服は洗濯して返しますので」

どこまで穂高に迷惑をかけたのだ……と、床に手をついて頭を下げる。

身を小さくして「ごめんなさい」を繰り返す佐知の肩に、穂高が手をかけた。

「そんなに恐縮しなくていい。俺が、勝手にしたことだ。雨が降りだしそうだったし、佐知がどこに住んでいるのかも知らないし……駅前に転がしておくのは、さすがに忍びなかったからな」

「重ね重ね、ありがとうございます」

穂高は勝手にしたことだと言うが、佐知にしてみれば恐縮するなというほうが無理だ。

いくら春先で昼間はあたたかくても、雨に濡れた上に路上で一夜を明かしたりしたら、確実に風邪をひいていただろう。

それだけで済めば、まだいい。

下手したら、財布や携帯電話といった貴重品を持ち去られていたかもしれなくて……正しく恩人だ。

「あのっ。おれ、ぼんやりとしか憶えてないんですけど、なんか変なことを口走りませんでしたか?」

天井に視線を泳がせて、駅で穂高に拾われた時のことを思い出そうと記憶を探った。

バイト先で、間違えてカクテルを飲んで……電車を降りたところで気分の悪さに限界が来た。

いっそ、道路の隅で寝てしまおうかと身体を投げ出しかけたところで誰かが声をかけてくれたのは憶えている。

あの『誰か』が、佐知にとっては幸運なことに知人の穂高だったに違いない。

自分が口走った台詞《せりふ》は、うっすらとしか憶えていないが……。

「ああ……嫁になれ、というやつか」

あああ、やっぱり！

自分が酔い任せに口にした、『お嫁さんになってください』というプロポーズが、記憶の隅に薄く残っていたのだ。親しげに「佐知」と呼ばれることに引っかかりを感じていたが、これも自分がそう呼べと頼んだ気がする。

あれもこれも夢ならよかったのに、どうやら現実だったらしい。

頭を抱えたくなっている佐知をよそに、穂高は淡々とした顔でこちらを見ている。

「うえ、やっぱりおれ、言っちゃったんだ」

ごめんなさい、とバカげた発言を詫びようとしたのだが、穂高が続けた言葉は佐知の混乱を更に深くするものだった。

「夫婦は同居するべきだな。幸いうちは、使っていない部屋がある。越してくるなら、早いうちがいい。二重生活は、家賃や光熱費が無駄だ」

酔い任せにプロポーズした佐知を、バカにしている……わけではなさそうだ。

ポカンと見返した穂高は、真顔だった。

慌てた佐知は、自分の顔の前でパタパタと手を振って穂高に言い返す。

「ちょ……っと、待ってください。穂高さんが、お嫁さん……っじゃなくて、そんなあっさりと、いや、それも違う……っ。ええと、えーと……っ」

なにを、どこから修正するべきなのか、わからなくなってきた。

頭痛の種火が残る頭を抱えた佐知は、「うぅ……」と唸って眉間に皺《しわ》を刻む。

佐知は混乱の極みという様相のはずなのに、穂高はマイペースだ。冗談を言っているふうでもなく、大真面目に言葉を続ける。

「うん。まずは、ご両親にご挨拶か」

「いやいやいや、だから……そうじゃなくて、ですねっ。だいたい、おれに、両親はいませんし。……あ」

首を左右に振りながら穂高に言い返した佐知は、勢いで「両親はいない」と口にしてしまった。

そんなこと、言うつもりなんかなかったのに。

ハッと口を噤んでも、後の祭りだ。一度口にしてしまった言葉は、取り戻すことなどできない。

「いない？」

穂高は、怪訝な顔でつぶやいた。追及しようという口調ではなかったけれど、佐知は重苦しい空気が漂わないよう笑って答える。

「あー……そう、です。二人とも、墓の中なんで」

「……そうか」

穂高は軽くうなずいただけで、それ以上なにも尋ねてこなかった。

ただ、真っ直ぐに佐知を見ている。

その目に同情の色が滲んでいたら、反発したかもしれない。

でも、穂高の瞳には憐《あわ》れみは一切なくて……佐知は、無意味にヘラヘラ笑うことができなくなる。

シン……と静かになったところで、玄関先から耳に覚えのある男の声が聞こえてくる。

「おーい、穂高。鍵、開いてるぞ。相変わらず不用心だなぁ。勝手に入るからな！」

この声は……志水、か。

声の主が頭に浮かんだのとほぼ同時に、迷うことなく足音が近づいてきてこの部屋の前で止まり、ドアノブを回す音が続いた。

「おいおい、まさかまだ寝てんのか？　もう、日が沈む……っと、あれ？」

軽快にしゃべりながら扉を開けたのは、やはり志水だった。

半分ほど開いた扉の隙間から顔を覗かせて、ベッドの脇に座り込んでいる穂高と佐知を目に留めて……首を傾げる。

「あ」

佐知は、短い一言を零したきり口を噤んだ。どんな言葉を続ければいいのか、思いつかない。

チラリと横目で穂高を窺ったけれど、なにを思っているのかまったく読み取ることのできない無表情だった。

普段どおり、冷静そのものといった空気を纏って落ち着き払っている。

シーン……と、妙な沈黙が流れた。

数十秒、動きを止めて目をしばたたかせていた志水だったが、「えーと？」と右手を上げてカリカリと頭を掻く。

「佐知くん……が、見えるんだけど。なんで、って聞いてもいいのかな？」

佐知と目を合わせた志水は、静かに尋ねながら笑いかけてくる。

喫茶店を訪れた佐知を『いらっしゃい』と迎える時と同じ、温和な笑みだ。

「いいのかな、って既《すで》に聞いているだろうが」

ようやく口を開いた穂高は、佐知から見ればどこか的外れな言葉を志水に返した。フォローの術を思いつかない佐知の頭の中は真っ白で、無言で二人のやり取りを傍観《ぼうかん》するしかできない。

「んー……予想外の光景に、驚いてさぁ」

そう言うわりに、志水の口調は相変わらず軽いものだ。「ははは」と笑う顔からも、さほど驚いている雰囲気は窺えない。

「昨夜、駅前で佐知が行き倒れかけていたのを見つけた。で、拾って持ち帰った」

穂高が口にしたのはとてつもなく簡潔な説明だったが、間違ってはいない。志水がチラリと佐知を見遣り、佐知はコクコクと首を縦に振った。

「なるほど。おまえにしては、珍しく面倒見がいいなぁ。佐知くんみたいなタイプは、庇護《ひご》欲《よく》が掻き立てられるか」

クスリと、意味深な笑み……と感じたのは、佐知だけだろうか。当の穂高は、素知らぬ顔で「まぁな」と短く言い返す。

「面白そうだから、一部始終を聞かせてくれ。……その前に、腹ごしらえだ。どうせ、飯を食ってないんだろ。サンドイッチを持ってきたから、コーヒー淹れるぞ。そのあいだに、おまえたちは居間に移動しておけ」

右手に持っている紙袋を掲げた志水は、ベッド脇に座り込んでいる穂高と佐知にそう言い残して踵を返した。

穂高がゆっくりと立ち上がり、佐知は動けないまま目で追う。

「……佐知」

チラリと佐知を見下ろした穂高が、自然な仕草《しぐさ》で右手を差し出してくる。佐知は、少しだけ迷い……左手をその手に重ねた。

ギュッと握られた直後、強い力で引っ張り上げられる。

「うわっ」

「っ、と……すまん。思ったより軽かった」

勢い余った佐知を、穂高が両手で抱き留めた。

重ねた手のぬくもり、そして受け止めてくれた腕の力強さ。

記憶の中に、ほんのり残っている安堵感が呼び起こされて……心臓が奇妙に鼓動を速くする。

「あ、ありがと、ございました」

うつむいてギクシャクと礼を口にした佐知は、穂高と目を合わせることができないまま身体を離した。

「居間はこっちだ」

穂高は抑揚《よくよう》のあまりない声でそう言うと、佐知に背を向けて志水が半分だけ開けていったドアを全開にする。

穂高がなにを考えているのか、わからない。ただ、動かない佐知を振り向いた穂高の目には気遣いが滲んでいて。

「佐知？」

「……は、はい」

佐知は、短い呼びかけに小さくうなずいて足を踏み出した。


「佐知くん、遠慮なくどうぞ」

ローソファに腰かけた佐知の前、リビングテーブルにコーヒーカップが置かれる。なにも聞かれていないが、喫茶店でのオーダーを踏まえたらしくカフェオレ色だ。

志水は、テーブルの中央にサンドイッチの盛りつけられた大きな白い皿を置いて「二人とも、遠慮なく食え」と笑った。

穂高の家だと聞いていなければ、志水宅なのかと勘違いしそうだ。

「あの、今日は……お店は」

テーブルの角を挟んで、右斜め前に座った志水にそっと尋ねた。

喫茶店の定休日は火曜だと思っていたけれど、月曜だった……か？　夕方のこの時間だと、店を開けているはず。

留守番を任せられる従業員などはいないのだから、志水がここにいるということは『風見鶏』は無人なのだろうか？

「ああ、空調設備のメンテナンスで臨時休業。今日明日は連休だ。穂高に電話をしても出ないから、飯をデリバリーに来たんだけど……いゃあ、ビックリ」

予想もしていなかったことに佐知がいたので、驚いた、と。

志水がしゃべっているあいだも、穂高は相変わらずのマイペースを保っていた。一口二口コーヒーを含み、サンドイッチを摘んでいる。

「さっきの続きだけど、なんだっけ。昨日の夜中、佐知くんを、穂高が駅前で拾って……？」

「あっ、そうです。おれ、バイト先の歓迎会でうっかりお酒飲んじゃって……行き倒れそうになってたところを、穂高さんに助けてもらったみたいです。みたいっていうのは、実は、あんまり憶えていなくて……」

簡単に経緯を説明した佐知に、志水は「へぇ」と微笑を浮かべる。チラッと穂高を横目で見遣り、芝居がかった仕草で腕を組んだ。

「随分と面倒見がいい。穂高、スカした顔してたくせに……実は、佐知くんのことが気に入ってるだろ」

からかい口調でそう口にした志水に、穂高はわずかに眉を顰《ひそ》める。

佐知を気に入っている、という指摘に反論するかと思ったのだが、穂高が苦情を述べたのは別の部分だった。

「スカした顔とは、なんだ。おまえみたいに、道端のポストにまで愛想よくする理由なんてないだろ。それだけヘラヘラしていて、よく表情筋が疲れないな」

「いや、さすがにポストにまでは笑いかけないぞ。だいたい僕が、おまえみたいに無愛想な顔をしていたらお客さんが寄りつかん。おまえこそ、たまには表情筋を使ってやらないと凝《こ》り固まるぞ。笑い方、憶えてるか？」

「無愛想で悪かったな。これが地顔だ。月に何回かは、笑ってる……と思う」

正反対のタイプに見えるが、やはり店でのやり取りと同じ……気の合った掛け合いだ。

ようやく緊張を解いた佐知は、ふ……と頬を緩ませた。左隣にいる穂高をそろりと見遣ったところで、視線が合う。

コーヒーカップをテーブルに戻した穂高は、志水曰《いわ》く「スカした顔」のまま、爆弾発言を投下した。

「佐知に、嫁になれとプロポーズをされた。嫁入り……いや、佐知がここに越してくるのだから、この場合は婿取りか」

「は……ぁ？」

「っぶ、……っ、ゲホッ、コホンッ！」

佐知は、飲んでいたカフェオレがうっかり気管に入りそうになってしまい、盛大に噎せる。涙目になってゴホゴホと咳き込んでいると、左隣に座っている穂高がポンポンと背中を叩いてくれた。

「大丈夫か？」

「だ、だいじょ……ッ」

大丈夫、ではないかもしれない。

そう思い浮かんだけれど、口に出すことはできなかった。ひとしきり噎せて、落ち着きを取り戻したところで恐る恐る志水を窺い見る。

非常識な穂高の発言に、どんな顔をしているのだろう。

突拍子もないことを聞かされたのだから、啞然《あぜん》となって絶句しているかも……という佐知の予想は、呆気なく覆《くつがえ》された。

「佐知くんが、穂高にプロポーズ？　おまえが嫁で、佐知くんが婿か？」

わずかに眉間に縦皺を刻んだ志水は、佐知にしてみれば的外れな部分に引っかかりを感じているらしい。

うーん？　嫁と婿は逆じゃないか？　などと首を捻りながら唸っている。

「佐知くん、本当に？」

「う……た、たぶん」

駅を出たあたりから、目の前がグルグル定まらなかったこともあって、記憶は曖昧《あいまい》だ。ただ、相手が穂高かどうかわからないまでも、誰かに『嫁になって』とプロポーズをしたような気はする。

だいたい、穂高がこんな嘘をつく理由などないだろう。悪趣味な冗談で、他人をからかうようなタイプでもない。

「……面白い」

「えっ？」

志水がポツリとつぶやいたのは、空耳かと疑いたくなる一言だった。

驚いて目を瞠った佐知と視線を合わせて、ニッコリと笑いかけてくる。

「この際、どっちが嫁でどっちが婿なのかは、些細な問題だ。コイツが他人を縄張りに入れようとすること自体、メチャクチャに貴重なんだよな。どうせ部屋は余ってるんだし、佐知くんがよければ越してくればいい。一人暮らしって言ってたよね？　家賃に光熱費、まるっと浮くよ」

志水は、穂高が言ったのと同じようなことを口にして「ね？」と佐知の顔を覗き込んでくる。

穂高はその脇で、無言でうなずいていた。

当事者である佐知を蚊帳《かや》の外に追い出して、あまりにもあっさりとここに越してくることを決められそうになり、焦った。

「いや、よくないですよ。こんな、得体の知れない人間を理由なく簡単に自宅に入れちゃダメでしょう」

「得体って、そんな大げさな。ふ……まるで、妖怪だ。佐知くんは、マスターのお孫さんなんだ。僕らにとったら、それだけで十分な理由だな。ああ、あと穂高の嫁……じゃなくて、婿か」

最後の言葉はオマケのようにつけ足して、ククククッと肩を震わせる。

さっきから志水ばかりがしゃべっているけれど、もう一人の当事者である穂高はなにを思っているのだろう？

「穂高さん、は……困ってるんじゃ」

「いや、俺が言い出したことだ。家賃や光熱費は不要。簡単な家事をしてくれれば、それだけでいい」

「家事って、おれ、なんにもできないですよっ」

期待されても困る。

必死で『なにもできない』アピールをする佐知に、志水は「大丈夫！」と笑った。

「全自動洗濯機のボタンを押すくらいはできるだろ？　心配しなくても、穂高は三日連続で毎食カレーでも文句は言わないよ。一日三食、トーストとか。バター、ジャム、蜂蜜のローテーションでＯＫだ」

「それ……は、さすがに」

メチャクチャだ。

三日続けて三食カレーだとか、微妙にバリエーションを変えつつトーストだとか、聞いているだけで佐知のほうが嫌になる。

佐知は困惑を滲ませているはずだが、志水は一人でどんどん話を進めてしまう。

「善は急げ、だな。最寄り駅が同じってことは、佐知くんの住まいもこのあたりだろ。不動産屋さんの手続きは、近々……として、ひとまず身の回りのモノを運ぶか。上京したばかりって言ってたし、家財道具はそんなに多くないよね」

「おれの私物は、スポーツバッグに収まる程度です。家電とかは、もともと部屋にあったから。でも、やっぱり変ですよ」

ゆるく首を振りながら、おかしいだろうと重ねる。

すると、それまでほとんど口を開かなかった穂高が、ボソッとつぶやいた。

「プロポーズしたのは、佐知のほうだろう？」

「た、しかにそうかもしれないけど」

どうして、酔っ払いのいい加減な発言を真に受けているのだろうか。それも、穂高だけでなく志水まで。

目を白黒させている佐知をよそに、二人は顔を合わせてうなずき合った。

「佐知くんの部屋、西側の六畳でいいだろ？」

「ああ……今は物置状態だな。いくつか物を置いてあるから、移動させる」

「ちょ……っと、本当に本気ですかっっ？」

なんなんだ、この大人たちは。

泣きそうな気分で、テーブルに身を乗り出す。

志水と穂高は、佐知に顔を向けて……目配せをしたわけでもないのに、示し合わせたかのように同時に口を開いた。

「もちろん」

見事に息が合っている。

こうなれば、固辞《こじ》しようとしている自分のほうがおかしいのではないかと、奇妙な錯覚をしてしまいそうだ。

二人は、真顔で佐知を見ていて……。

「は……はは」

テーブルに手をついた佐知は、乾いた笑いを漏らしてガックリと肩を落とす。全身の力が抜けてしまった。

いくらなんでも、昨夜の非常識なプロポーズが有効とは思えないので、祖父母への恩返しを、孫である佐知にしようということか？

田舎から出てきたのは、一ヵ月ほど前。期待半分、諦め半分でドキドキしながら祖父の喫茶店を探していた時には、想像もしていなかった怒涛《どとう》の展開だ。

祖父ちゃん、祖母ちゃん……この人らに、どんな恩をどれだけ売ったんだ？

薄れかけている祖父母の顔を思い浮かべた佐知は、大きなため息をついた。

《五》

佐知がアルバイトをしている『豆狸』のオープンは、十七時だ。準備があるので、佐知や開店に合わせたシフトのアルバイトはその三十分前には店に入っている。

従業員の控室で白シャツと黒いズボンに着替え、腰巻タイプのエプロンを身に着けた佐知が店に出ると、厨房で料理の下ごしらえをしている若田が顔を上げた。

「おはようございます」

時刻は夕方でも、ここでの挨拶は「おはよう」だ。

ぺこりと頭を下げた佐知に、若田は微笑を浮かべて尋ねてきた。

「佐知、あの後……大丈夫だったか？　もう、ジュースとカクテルを間違えるなよ」

帰り際に若田は、うっかりカクテルを飲んだ佐知がきちんと自宅アパートに戻れるか、心配してくれていた。

穂高の家で正気を取り戻してから、無事だというメールを送っておこうと思いつつ……怒涛の展開に、うっかりしていた。

「あ……大丈夫、だった。ご心配をおかけしました。で……えっと、若田さんに話しておかなきゃいけないことがあるんだ。準備しながら、聞いてくれる？」

「ああ」

厨房に入った佐知は、包丁を握ったままうなずいた若田の隣に立ち、お通し用の小鉢を並べていく。

どう説明すれば、不自然だと思われないか……無い知恵を絞って、なんとか考え出した言葉を口にした。

「おれ、引っ越しすることになったんだ。若田さんには、アパートの保証人になってもらってるから言っておかなきゃって思って」

「引っ越しぃ？　なんかあったか？」

器用に小魚を捌《さば》いていた若田が、ピタリと手を止めて聞き返してきた。

不審がられて当然だ。あのアパートに住み始めて、まだ一ヵ月そこそこしか経っていないのだから。

心配そうな目で見下ろしてくる若田に、佐知は首を左右に振って答えた。

「違う違う。特別ななにかがあった、っていうんじゃなくて……祖父の知り合いっていう人が、好意で自宅に居候《いそうろう》させてくれることになったんだ。その人、一戸建てに独り暮らしで部屋が余ってるんだって。そこに住めば家賃が浮くだろうって言ってくれて、甘えさせてもらうことになった」

「……お祖父さん、って亡くなってるんだよな？」

同郷の若田は、佐知を取り巻く事情の大半を知っているせいか、遠慮がちに尋ねてくる。

佐知は、気を遣わせて申し訳ないな、と思いながらうなずいた。

「うん。祖父ちゃんが喫茶店をしていた、って話したことがあったと思うけど、その時からの知人みたい。その喫茶店、経営者は変わってたけど店は同じ場所にあったって言ったよね。そこで、偶然知り合いになって……おれがアパートで一人暮らしだって言ったら、家賃や光熱費がもったいないから、って」

嘘は一つも言っていない。ただ、その詳しい『経緯』を端折《はしょ》っただけだ。

佐知の説明に不自然さを感じなかったのか、若田はホッとしたように笑って止めていた手の動きを再開させた。

「そいつはよかった。確かに、家賃や光熱費が浮くならありがたいだろ。そのじいさんも、一人暮らしだったたならおまえが来てくれて嬉しいんだろうな」

「じいさ……う、うん」

どうやら若田は、『祖父の知人』を祖父と同じ年頃の老人だと受け取ったらしい。若田の発した『じいさん』という言葉に、穂高の顔を思い浮かべた佐知は、心の中で「ゴメンナサイ」と手を合わせた。

お年寄り呼ばわりされた穂高には申し訳ないが、若田の誤解は訂正しないでおいたほうがスムーズに話が運びそうだ。

「そのじいさんの家、近いのか?」

「あ、うん。喫茶店のすぐ近くで、おれが住んでたアパートからも、歩いて十五分くらいのところ」

「へー……そいつは、ラッキー」

ポッポッと話しながら、陶器の箸置きを取り出して醤油《しょうゆ》差しを確認して……と開店準備を進める。

若田も忙しく開店準備をしているので、佐知が目を合わせないことを不審に思われていないはずだ。

後ろめたいことなどしていないのに、なんとなく疚《やま》しいような気分になるのは……酔った勢いで、佐知が『お嫁さんになってください』とプロポーズをしたことが発端だからだろうか。

初めて飲んだアルコールで思考力が鈍くなっていたとはいえ、あまりにもバカな自分の言動に情けなくなる。

「テーブル、拭いてきますっ」

布巾《ふきん》を手にした佐知は、厨房を出てテーブル席に向かう。

キュッキュッと音を立ててテーブルの水拭きをしながら、怒涛の一日を思い出してこっそりとため息をついた。

□□□

アパートに私物を取りに行くという佐知に、迷子になったらいけないから……と志水がついてきてくれた。

穂高は、そのあいだに部屋の準備をしてくれるらしい。余計な手間をかけさせて、申し訳ない。

「すみません、志水さん。お待たせしましたっ」

「いや、十分も待ってな……って、荷物、本当にこれだけなのか？」

スポーツバッグを一つだけ抱えて階段を降りると、アパートの前で待っていてくれた志水は驚きを露《あらわ》にした。

スポーツバッグを指差して目を見開いている志水に、佐知はきょとんと首を傾げる。

「はい。これだけです。田舎から出てきたばかりだし、こっちで買ったものはマグカップと箸と、歯磨きセットくらいで……」

それほど驚かれることだろうか。

不思議な心地で志水を見上げると、彼はなんとも形容し難い微笑を浮かべた。

軽く肩で息をつくと、「じゃ、行こうか」と佐知の手からスポーツバッグを取り上げて、大股で歩き始める。

「志水さん、おれ、自分で持てますからっ」

慌てて追いかけても、志水はバッグを佐知に渡してくれない。ストライドが違うせいで、速足で歩く志水を追いかけるので精いっぱいだ。

「いーの。お兄さんに任せろ。穂高の家にコレを置いたら、買い出しに行くか。服と、日用雑貨と……もしかして、靴もそれだけ？　シューズショップもだな」

「えっ、いえ……特に必要なものはないので」

「自宅に引き籠《こも》り状態のあいつを外出させる、いい理由になるからさ。穂高のために、利用されてくれる？」

佐知の反論をそんな言葉で封じて、穂高の家に向かう。

佐知のためではなく、穂高のためだと言われてしまったら、戸惑いを残しつつ「はい」としか答えようがない。

置いていかれないよう、志水の背中を追いかけて早足で歩いていると、あっという間に穂高の家が見えてきた。

「到着。近いなぁ。これまでバッタリ逢わなかったのは、引き籠り状態の穂高の行動範囲が極端に狭いせいか。昨日は、たまたま駅前のコンビニに行ってたらしいけど、偶然佐知くんを拾うなんて……うぅむ、運命的だ」

志水は、佐知に話しかけているというよりも独り言の響きでそう口にして、うなずいている。

彼が近いと言ったとおり、穂高の家は、佐知が住んでいたアパートと志水の『風見鶏』のちょうど中間地点にあった。

改めて外から眺めると、確かに一人暮らしをするには大きな家だ。

地方に移住する親族から手ごろな値段で買い取ったと聞いたが、穂高の年齢で都心に持家があるのはすごいことではないだろうか。ますます、どんな仕事をしているのか不思議になる。

「ただいまぁ。穂高、片づけ終わったか?」

玄関扉を開けた志水は、廊下に向かって声をかける。玄関を入ってすぐ、右側の部屋のドアが開いて穂高が顔を出した。

「……ああ。佐知、ここでいいか」

目が合った佐知に、開け放したドアの内側を視線で示す。

玄関に一歩足を踏み入れたところで立ち止まっていた佐知は、曖昧に首を振りながら口を開いた。

「おれは、どこでも……って、本当にいいんですか？　図々しく、私物を持ってきちゃいましたけど」

「くどいッ！　ほら、佐知くん上がって」

志水の一言と同時に背中を叩かれて、動くように促される。シューズを脱いだ佐知は、グイグイと背中を押されるままその部屋に入った。

六畳と言っていたが、これまで佐知がいた八畳のアパートの部屋より広く見える。部屋の隅に三段ほどのカラーラックと畳まれた布団が置かれているだけで、他に家具がないせいだろうか。

「必要なものがあれば、出世払いってことで穂高に買ってもらえばいい。嫁……は、穂高のほうかもしれないけど、今は甘えろ」

嫁という単語をわざとらしく口にしてクスクス笑う志水は、どうやら事態を面白がっているようだ。

穂高はどう思っている……？　とドアのところで立っている穂高を見ると、まともに視線が合った。

「いるものがあれば、遠慮なく言え。出世払いだなんだと、気にしなくていい」

「おお、穂高ってば太っ腹！　ってわけで、佐知くんは遠慮せず甘えたらいいよ」

「い、いいえ。そんなわけにいきません。おれは、本当にこれだけあれば……」

勢いよく首を横に振り、志水が部屋の隅に置いたスポーツバッグを指差した。

両親の写真に預金通帳に印鑑、そして大きなキリン。

佐知にとって大切なものは、全部この中に入っている。靴なんて一つあれば十分だし、服も季節ごとに二、三着あればいい。

そう訴える佐知を、志水は見事に無視して話を進めた。

「よしよし、じゃあ買い出しだ。つき合うよな、穂高？　荷物持ちくらいはできるだろ」

これは、誘いではなく……決定事項の確認だ。志水の言葉に、チラリと佐知を見遣った穂高は……諦めたような顔でうなずいた。

□□□

衣料品店に雑貨屋に、輸入食品を多く扱う少し変わったスーパー。

志水主導の買い物を終えて穂高の家へと戻る頃には、すっかり日が暮れていた。

自分のために、これほど大量の買い物をしたのは初めてだ。支払総額が怖いけれど、穂高も志水もレシートを見せてもくれない。

「すぐに晩飯の準備をするから、リビングで待ってて」

ビニール袋を手にした志水が、キッチンがあるらしい奥に向かおうとする。慌てた佐知は、上着を着たままそのあとを追いかけた。

「おれも、手伝います」

「ありがたいけど、買ってきたデリをパックから皿に移すだけだからなぁ。んー……じゃあ、取り皿とか箸を運んでもらおう。上着を脱いで、バッグを置いておいで」

「はい」

玄関を入ってすぐ右側の部屋に入り、上着とバッグを壁際に置く。急ぎ足で志水の背中を追っていると、

「そうだ」

と、志水が足を止めた。

振り向いた志水の目は、佐知を通り越してその背後に向けられている。

「穂高、佐知くんに言っておくことは？」

勢いよく振り向くと、リビングのドアノブを摑んだところだった穂高と目が合った。思案の表情を浮かべて、ドアノブから手を離す。

「あー……風呂とかは、説明しただろ。キッチンの冷蔵庫や小物も、いちいち俺に断らずに好きに使えばいい。ただ、この部屋だけは開かずの間だ」

穂高が指差したのは、この家の間取りを案内してくれた時に素通りされた部屋だった。その隣はベッドのあった寝室なので、きっとそこが穂高の私室なのだろう。

開かずの間、とは回りくどい言い回しだが……。

「わかりました。立ち入り禁止ってことですね」

佐知は立ち入らないように、という意味だろう。

大きくうなずいた佐知に、穂高は、

「仕事部屋だ」

それだけ簡潔に言い残して、リビングのドアを開ける。姿が見えなくなったところで、志水がポツリとつぶやいた。

「相変わらず無愛想なやつめ」

佐知は同意することもできず、苦笑いを返す。

仕事部屋、か。

つまり、志水曰く引き籠り状態だという穂高は在宅仕事をしているということで、ほんの少し謎が解けた。

ただ、それと同時に「どんな仕事なんだ？」という疑問が深くなる。

今、流行《はや》りのＩＴ系だろうか。テレビで見たことのある、トレーダーとか……？

「あの、穂高さんって、どんなお仕事……」

詮索はよくないと思いながら、我慢できずに零してしまった。志水は、唇の端をわずかに吊り上げて佐知を見下ろす。

「穂高本人に聞いてごらん。答えてくれるかどうかは……うーん……どうかな」

それだけ言って佐知に背中を向けた志水は、自分の口から語る気はないと態度で示している。

不用意な詮索だった。確かに、穂高自身に尋ねるべきことだ。佐知に話して問題ないと思えば、説明してくれるだろう。

反省を嚙み締めた佐知は、急ぎ足でキッチンへと向かう志水を追いかけた。


「佐知くんのバッグのファスナー、閉まり切ってなかったから、チラリと見えたんだけど……さ」

「はいっ?」

夕食を終えたリビングテーブルには、志水が淹れてくれたコーヒーのカップが三つ並んでいる。

買い物中も食事の時も、佐知と志水ばかりがしゃべっていて、穂高は時折ポツポツと答えるだけだった。

今も……無言でコーヒーカップを口に運んでいる。大きなテレビはバラエティ番組を流しているけれど、穂高はそれを観ているようでもない。

バッグの隙間からなにが見えたのだ、と尋ねる前に志水が言葉を続けた。

「キリン柄」

「あ……そうだった！　バッグに入れたままだ。出してあげなきゃ」

頭がはみ出そうだったので、少しばかり無理をして押し込んだのだ。大きなキリンにとって、バッグの中は窮屈《きゆうくつ》だろう。

勢いよく立ち上がった佐知は、リビングを出て自室に駆け込むと、壁際に置いてあるバッグを開く。

押し込んでいたキリンのぬいぐるみを取り出すと、少し曲がっていた長い首を伸ばす。

「ごめん、狭かっただろ。……大丈夫そうだな」

両手で毛並みを整えて、頭上の角やたてがみをそっと撫でる。

艶々の黒い瞳をジッと見ていた佐知は、キリンを抱えてリビングへと戻った。

あの二人には、喫茶店で『ＮＡＲＵＭＩ』のぬいぐるみに興味を示していることを知られている。

いい歳をした男が、ぬいぐるみを大切に持っているのは恥ずかしいなどと、格好つけて隠す必要はないか。

キリンを抱えて戻ってきた佐知に、志水は「おや」と笑みを深くした。ソファに座っている穂高は、チラリとこちらを見ただけでなにを言うでもない。

「おれの家族、紹介します。このキリン……志水さんの喫茶店にあった、『ＮＡＲＵＭＩ』さんが作ったぬいぐるみの、仲間だよね」

尻尾脇にある小さなタグには、『ＮＡＲＵＭＩ』の刺繍が記されているのだ。確信を持って問いかけた佐知に、志水が手を出した。

「見せてもらっていい？」

「もちろん」

穂高の隣に座っている志水にキリンを手渡して、テーブルとソファのあいだに腰を下ろした。

大きなキリンを手にした志水は、ぬいぐるみを回転させながら頭の天辺《てっぺん》から尻尾の先まで検分しているようだ。

尻尾脇のタグを摘み、小さく数回うなずいた。

「確かに、『ＮＡＲＵＭＩ』だな。だよな？」

同意を求めたのは、隣に座っている穂高だ。

興味のなさそうな顔をしていた穂高は、コーヒーカップを手にしたまま、「たぶんな」とうなずいた。

「穂高さんも、『ＮＡＲＵＭＩ』さんを知っているんですね」

「……そうだな」

否定はしない。でも、それ以上質問を重ねることのできない短い答えだ。

佐知は穂高から話を聞くのを諦めて、キリンを手にしたままの志水を見上げた。

「このキリン、七年前に、祖母ちゃんが送ってくれたんです。もらい物だけど、って手紙を添えて」

「うん」

静かに相槌を打った志水は、視線で続きを促してくる。

どこまでどう話そうか、迷い……こうして押しかけてきたからには、ある程度の事情を話しておくべきかと口を開いた。

「その直前、おれ、両親を亡くして……いきなり、独りぼっちになった。祖父母は高齢だから、おいでって誘ってくれたのを断って、叔母夫婦の家に居候させてもらうことになったんだ。そしたら、祖母ちゃんからこのキリンが送られてきた」

十二歳にもなった男にぬいぐるみを贈るのは少し変わっていると思うのだが、祖母にとって、孫の佐知はいつまでも小さな子供という認識だったのかもしれない。

佐知宛に届いた大きな箱には、首に青いリボンを巻いたキリンが収まっていた。それを、捻くれていた佐知は「なんだコレ」と、最初は部屋の隅に投げ捨てた。

でも、艶々の黒い瞳がジッと佐知を見ていて……罪のないキリンに八つ当たりしてしまったことが気まずくなり、「ごめん」と拾い上げたのだ。

恐る恐る長い首を抱いてみると、予想もしていなかった安堵感がどこからともなく湧いた。体温などないはずの『物』なのに、あたたかくて……優しくて、佐知をふんわりと包んでくれるみたいだった。

以来、心細くなる夜は共に布団に入り、抱いて眠って……どんな時も佐知に寄り添ってくれている。

確かな抱き心地の理由は、大量生産された市販のぬいぐるみと比べればたっぷりと綿が充《じゆう》塡《てん》されているからだと、今ならわかる。

「このキリンに、すごくすごく慰められた。独りぼっちじゃないって、ずっと傍《そば》にいてくれて……大事な家族なんだ」

このキリンが、自分にとってどれだけ大切な存在か、言葉ではうまく説明することができなくてもどかしい。

佐知の話に黙って耳を傾けていた志水は、

「そんなに大事にしてくれてるってこと、『ＮＡＲＵＭＩ』本人が聞いたら喜ぶな」

そう言いながら、佐知の手にキリンを返してくれた。無意識にキリンを抱き締めて、ふっと息をつく。

穂高は、やはり無言だった。

ぬいぐるみについて熱く語った佐知を、バカにしている雰囲気ではないけれど……なにを思っているのか、チラリとも読み取らせてくれない。

ただ、佐知が抱き締めているキリンにさり気なく視線を向けて、珍しく微笑を滲ませたのがわかった。

思いがけず優しい表情に、心臓がトクンと奇妙に脈打つ。

「あ」

穂高に話しかけようとした佐知より少しだけ早く、志水が口を開いた。

「疲れただろ。風呂に入って、休めばいい」

「……誰の家だ」

「穂高の家だな。ってことで、僕はお暇《いとま》しよう。おやすみ、佐知くん」

ソファから立ち上がった志水は、ポンと佐知の頭に手を置いて、ついでのようにキリンの頭を撫でる。

志水がリビングを出ると、急に静かになった。

穂高に話しかけるタイミングを逃してしまった佐知は、手持無沙汰なのを誤魔化《ごまか》すようにキリンを抱く腕に力を込める。

沈黙が気まずさを加速させる。なにか話さなければ。

「あの、穂高さん、おれ……本当にいいのかな」

志水には「くどい」と言われたが、家主である穂高も志水の妙な勢いに押されただけでは。改めて尋ねた佐知に、穂高は「俺のほうが、婿入りしろと誘ったんだろう」と真顔で返してきた。

「婿、って……ええと、穂高さんがお嫁さん、で……?」

酔いに任せた佐知が「お嫁さんになって」とプロポーズしたという経緯を話して聞かせた際、爆笑した志水を思い出すと複雑な気分になる。

珍妙な顔で口を噤んだ佐知をよそに、

「よろしく、婿殿」

そう口にした穂高は、やはり真顔で。

どこまで本気で、どこから冗談なのか……謎だ。

《六》

佐知がアルバイトをしている居酒屋『豆狸』は、夕方からの営業だ。日中の時間を持て余すのはもったいないので、ここでの生活に慣れたら、もう一つアルバイトを増やそうかと思っていた。

いつものカフェオレを飲みながら、志水に『風見鶏』でバイトを募集していないか尋ねてみたら、苦笑を浮かべて「ごめん」と返してきた。

「見てのとおり、繁盛店ってわけじゃないからなぁ。従業員を雇う余裕もないし、人手不足でもないんだよね」

そして、「店名を閑古鳥《かんこどり》に改名しようかと思うくらいだ」などと、冗談を続ける。

確かに……昼の一時過ぎだというのに、客はカウンターの定位置に腰かけた佐知とテーブル席にいる二人組の女性だけだ。

「そ……っか。残念」

「無理にバイトしなくてもいいんじゃないか？　穂高のところにいれば家賃も浮くし、生活が切羽詰《せっぱつ》まってるわけじゃないだろ？」

「そうだけど、なにもしない時間がもったいないな、って。あと、いつか、大学に行きたい……って思ってるから、できる限り資金を貯めておきたい」

両親は、佐知のために学資保険を積み立ててくれていて、それを使って進学できないわけではなかった。

でも、自分を養いながら通学するには心許なくて……今は可能な限り貯金をして、いずれは大学で学びたいと思っている。

それに現在の佐知は未成年というだけで、制限が色々あるのだ。二十歳を越えれば、代理人や後見人が不要になるものが多々ある。

成人するまでの、あと二年弱という時間がなんだかもどかしい。

視線をカウンターテーブルに落とした佐知に、志水は「偉いね」とだけ口にした。

「よし、頑張る若者にお菓子をサービスしてあげよう」

余計な詮索をするでもなくそう言って笑った志水が、カウンターの内側から小さな籠《かご》に盛られたクッキーを差し出してきた。

気さくなようでいて、無遠慮ではない。強引かと思えば、無理に事情を掘り起こそうとするでもなく……絶妙な距離感を保つ。

この人も、無口だけれど拒絶する空気を漂わせることなく自然と佐知の隣に座る穂高も、居酒屋の店主である若田も。

色んな意味で、格好いい大人に囲まれている自分は幸運だ。独りぼっちで残された時には、こんなふうに感じることなどできなかったけれど……。

「クッキー、すっごく嬉しい。いただきますっ！」

沈みそうになっていた気分を、弾む声で誤魔化す。遠慮なく手を伸ばして、ゴツゴツとした素朴なクッキーを摘んだ。

荒く砕かれたアーモンドがたっぷりと混ぜ込まれたクッキーは、子供の頃に何度か祖母に食べさせてもらったものと似ていて……懐かしい。

「そういや、穂高は？　一緒に昼飯を食べに来ると思ってたんだけど。まさか、新婚早々に離婚の危機じゃないよね？」

「っぶ、ゴホ……ッ」

志水の口から出た『新婚』とか『離婚』という言葉に、ポリポリ齧《かじ》っていたクッキーをうっかり噴き出してしまいそうになってしまった。

慌てて飲み込むとアーモンドの粒が喉に引っかかり、温くなっているカフェオレで無理やり流した。

「し、志水さん……変な言い方、しないでよ。新……婚、とか」

「えー……だって、ねぇ？」

意味深につぶやいて、ふふ……と笑う。冗談を言うぞ、という前触れがなかったあたり、人が悪い。

自分が反応するから、面白がってからかわれるのだ。

そう悟った佐知は、コホンと空咳をして平静を繕った。

「穂高さんは、朝ご飯の後に仕事部屋に籠って……ます。しばらく出てこなくても、気にしなくていいって言い残して」

お昼過ぎまで待ってみたのだが、ピッタリと閉められた扉が開く様子はなかった。昼食を食べなくてもいいのかと気になったけれど、あそこは『開かずの間』だ。ノックをすることもできなくて、佐知はこうして一人で『風見鶏』を訪れた。

そのことを告げると、志水は「へぇ？」と目を瞠る。

「仕事部屋に？　あいつが、自主的に……？」

「そう……です」

「ふーん、どんな心境の変化かねぇ？　まぁ……ここ最近で、なにか変わったことがあるとしたら……」

天井付近に視線を泳がせて、なにやら独り言をブツブツ言っていた志水だったが、最後のほうでチラリと佐知を見遣った。

穂高にとっての『変わったこと』は、自分か？

「おれ、なんか変なコト……しました、ね。穂高さんの迷惑になってるなら、定着し切っていない今のうちに出て行ったほうが」

なんといっても、『お嫁さんになってください』などと、プロポーズをしたのだから、穂高にしてみれば十分に『変わったこと』だろう。

自分が図々しく押しかけたことで、穂高の日常を乱しているのなら早々に出て行くべきでは。

そう肩を落としかけたところで、志水が首を左右に振った。

「違うって。あいつが、自分から家においでって誘ったんだろ。そうじゃなくて……佐知くんが、いい影響を穂高に与えてるんじゃないか、ってこと」

「いい影響？　おれ、本っっ当に、なーんにもしてないですよ。迷惑にはなっていても、いい影響なんか一つもないと思うんですけど」

居候させてもらうにあたって、簡単な家事をしてくれればいいと言われていたけれど、ほとんどなにもしていないのだ。

朝食はトーストを焼いて、ジャムかバター、ゆで卵とヨーグルトを添えるだけ。野菜ジュースは、パックのものを冷蔵庫から出せばいい。昼食は、『風見鶏』でのランチが日課なので佐知もそうすればいいと言われ、甘えている。

夕食に関しては、佐知はアルバイト先の『豆狸』でまかないを食べさせてもらっていて……穂高は、どうしているのかわからない。

掃除をしようにも三十分そこそこで終わってしまうし、穂高は自分の洗濯物は自力でやってしまうのだ。パンツを洗わせろと強奪するわけにもいかないので、佐知ができることはなにもない。

穂高の家に転がり込んで三日、これではほとんどお客さん状態だ。

「今のままだと、タダで居候させてもらってるだけ、って感じで申し訳ないです」

しゅんとしてつぶやいた佐知に、志水は微笑を深くする。

ふと視線を佐知の後ろに向けたかと思えば、窓際のテーブルにいた女性の二人組が席を立つところだった。

会計を終えた彼女たちを、志水が「ありがとうございました。またお越しください」と見送れば、店内には佐知と志水の二人だけになってしまう。

同時に、志水の空気が接客中のものではなくなった。

「佐知くんは、いい子だなぁ。僕も、だけど……穂高の周りにも、なにかと面倒な人間が多いんだ。佐知くんみたいに、素直な子と接しているだけで心が洗われる。大人って、ヤダねぇ」

最後の一言は、苦笑混じりで……。

佐知は、自分に素直ないい子だなどと言われる要素などないだろうと、かすかに眉を顰めた。

「冗談……じゃなくて、おれ、誰かの迷惑になるの嫌です」

ポッポッと反論を口にすると、志水は微笑を消してほんの少し首を傾げた。視線を合わせられなくて、目の前にある兎のぬいぐるみをジッと見詰める。

「迷惑……と思われるのは、怖いのかな」

それは、佐知に尋ねているというよりも独り言の響きだった。

けれど、佐知にとっては図星の真ん中を突かれたような気分になり、トクンと心臓が大きく脈打つ。

両親は、事業が失敗したことで多額の借金を抱え……保険金で清算するようにという書き置きを残して、自ら死を選んだ。

独り残された佐知は、色んな大人から『迷惑だ』と聞かされた。借金の清算手続きも、残された佐知の養育も、関わりのある人たちにとっては『迷惑』でしかなく……自分がとてつもなく厄介な存在だと思い知らされた。

後見人となって引き取ってくれた叔母夫婦はできた人たちで、佐知自身にそれを悟らせる素振りを見せたことはない。

でも、深夜に二人で話している内容が耳に入ってしまったことがあって、佐知の存在が困惑であり負担になっていることは知っていた。

これまで、深く考えようとしたことはなかったけれど、確かに……自分が誰かの『迷惑』になるのは、志水の言うとおり『怖い』のかもしれない。

皆が心の中で、両親と一緒に死んでしまえばよかったのにと思っているのではないかと、疑心暗鬼《ぎしんあんき》になったこともある。

佐知が黙り込んでしまったせいか、志水が少し声のトーンを上げて話題を変えた。

「佐知くん、キリン……持ってるでしょ。あれで思い出したんだけど、穂高の中高時代のあだ名は『キリンくん』だったんだよね」

「え……？」

思いがけない話に、うつむき加減になっていた顔を上げる。

目が合った志水は、ホッとしたように笑って話を続けた。

「今だと、日本人離れしたプロポーションの、嫌味な男前だろ。でも、ガキの頃は縦の成長に横が追いついてなくて……ひょろひょろと細長い印象だったんだよね。で、連想されたのがキリン」

「あ……ははは、なるほど」

今の穂高は、肩幅や身体の厚みもある成熟した大人の男、という雰囲気だ。でも、縦の成長に横が追いついていない、という状態はなんとなく想像がついた。

「しかも、動きがゆっくりで妙に大人しいだろ。デカいのが、ゆらゆら頭を揺らして歩いている姿は、正《まさ》しくキリン……ってな」

「ッ、すみませ……ん」

笑ってしまっては、この場にいない穂高に申し訳ない。

そう思いつつ、頬が緩むのを止められなかった。

脚や首が長いキリンが歩く姿と、端整な顔の穂高が同じように歩く姿を並べて思い浮かべると、なんともラブリーだ。

「穂高が、キリンで……佐知くんは、コレかな。子猫ちゃん。凸凹《でこぼこ》な夫婦で微笑ましいねぇ」

志水はクスクスと笑いながら、穂高の定位置となっているカウンターのところにあるぬいぐるみを持ってくる。

大きな目が愛らしい、猫のぬいぐるみだ。

そんな子猫に喩えられてしまい、「十八の男に子猫はないでしょう」と苦情を返しながら肩を落とした。

「まぁまぁ、男も女も可愛いのはいいことだ。あっ、そうだ佐知くん。アルバイトの前に一旦家に戻るんだよね？」

複雑な心情で猫のぬいぐるみをジッと見ていた佐知は、志水の声に顔を上げて視線を絡ませた。

「はい」

佐知がうなずくと、カウンターの内側から紙袋を差し出してくる。

「これ、あいつにデリバリーしてもらっていい？　この感じだと、昼飯を食いに来ないだろうから。サンドイッチと、クッキー。……穂高の秘密を教えてあげよう。あいつ、あーんなスカした顔をしていて、クッキーやケーキが好きなスイーツ男子ってやつなんだ。可愛いものも大好きだし、佐知くんが一緒にいてくれるだけで癒されているはずだよ」

「おれ、どう考えても可愛くない……と思うんですけど。このぬいぐるみたちなら、ともかく」

「いや……僕や穂高に比べたら、可愛い」

それは、サイズのことを言われているのだろうか。彼らと比較するまでもなく小柄なのは事実なので、反論できないけれど。

複雑な表情になっているだろう佐知に、志水は笑みを深くする。

「自分を迷惑だとか考えずに、甘えられるところには甘えたらいいんだよ。だいたい、迷惑なら穂高は最初から佐知くんを拾ってないだろうし」

「……はい」

曖昧にうなずいた佐知は、志水から穂高の昼食が収まっているという紙袋を受け取ってスツールを立った。

迷惑ではない？　でも、穂高のためになにかしなければならない。自分に、なにができるのだろう……？

考えても答えは出なくて。小さなため息を残して、志水に「ごちそうさまでした」を告げると『風見鶏』を出た。

□□□

「……ただいま」

間もなく日付が変わろうという、深夜だ。アルバイトを終えて帰宅した佐知は、声を潜《ひそ》めて帰宅の挨拶をしながら玄関扉を開けた。

穂高は、眠っているかも……と思っていたけれど、ドアが完全に閉まっていない居間から光が漏れている。

いつまで『開かずの間』に籠っていたのかはわからないが、今日は顔を見られないかもしれないと思っていたので、ホッとした。

自室にバッグを置いて、そっと居間を覗いた。ソファに腰かけて、ニュース番組を観ている穂高の姿が目に映る。

「……穂高さん。あの、ただいまです」

「ああ……お帰り。お疲れ」

おずおずと呼びかけた佐知を振り向いた穂高は、自然な様子で『お帰り』と答えてくれる。

上京してからしばらくのあいだ、キリンのぬいぐるみを相手に一方通行の挨拶ばかりだったことを思えば、なんだかくすぐったい気分になる。

きちんと、昼食や夕食を食べたのだろうか。声をかければ邪魔になるかもしれないと思い、志水から託された紙袋は野菜ジュースのパックと並べて、穂高の部屋の前に置いていったのだけれど……。

「穂高さん、これ……お土産です。よければ、どうぞっ」

ソファの脇に歩み寄って小さな箱を差し出すと、穂高は不思議そうな顔をしながら受け取った。

折り畳まれた箱の上部を開けて、「うん？」と首を傾げる。

二十センチ四方の白い箱の中身は、ゴルフボールくらいの大きさのミニシュークリームの詰め合わせだ。日替わりで並ぶ五種類のフレーバーを、二つずつ入れてもらった。

アルバイトをしている『豆狸』のすぐ近くにあり、深夜まで営業している人気店のもので、通りかかった時にふと志水の言葉を思い出して足を止めたのだ。

「志水さんから、甘いものが好き……って聞いて。ここのシュークリーム、すごくおいしいからお土産です」

「志水のやつ、余計なことを……」

穂高は、佐知の言葉にほんの少し眉を顰める。

志水は秘密だと言っていたし、甘いもの好きを知られたくなかったのだろうか。聞いていないふりをしておけばよかった？

穂高はどの味が好きなのだろうと、想像しながらガラスケースを覗く時間は思いがけず楽しくて……それだけに、なんとなくしゅんとした気分になる。

佐知が肩を落としたことに気づいたのか、穂高はポツリとつぶやいた。

「シュークリームは好物だ。……夜中だが、一緒に食うか？」

「い、いえ。それは穂高さんへのお土産なので」

「独り占めするより、佐知と一緒のほうが美味い。コーヒー……いや、ホットミルクのほうがいいか。少し待ってろ」

独り言の響きでそう言い残した穂高は、腰かけていたソファから立ち上がって居間を出て行った。

佐知はテーブルの上に置かれた白い箱を見下ろして、安堵の息をつく。

表情があまり変わらないし、言葉も少ないのでわかりづらい。きっと、いや間違いなく志水のほうが万人受けするタイプで……でも佐知は、愛想笑いで誤魔化そうとしない穂高が好ましかった。

穂高の口から出たものだから、「佐知と一緒のほうが美味い」という言葉が社交辞令ではないと、素直に思える。

「待ってろ、だって。おれのお嫁さんは、男前だなぁ」

冗談を口にした佐知は、クスリと笑ってソファの端に腰を下ろした。

手を伸ばせば、さっきまで腰かけていた穂高のぬくもりが感じられて……なんだか胸の内側がくすぐったい。

「誰かと一緒に暮らす日が、こんなに早く来るなんて思わなかったな」

叔母夫婦の家を出て、次に誰かと生活を供にするのは、『お嫁さん』を迎える時だと思っていた。

飢えているとまでは言わないけれど、『家族』という形態に憧れていたことは確かだ。

キリンのぬいぐるみは大切な家族でも、『ただいま』に『お帰り』とは答えてくれなかったから……。

「でも、穂高さん、本気でお嫁さんになってくれる気……じゃないよね？」

こちらから言い出しておいて申し訳ないが、自分より遥かに大人の男性である穂高を『お嫁さん』と認識することは無理だ。

それなのに、奇妙な状況に馴染《なじ》みつつある。

こんな自分も不思議だけれど、志水も、なにより穂高自身がなにを考えているのか未だに読めない。

少なくとも、疎ましがられているわけではないかな……と、シュークリームを見下ろして小さく息をついた。


深夜。ガタガタと、窓を揺らす風の音で眠りから呼び覚まされた。

就寝時に電気を消すことのない佐知は、枕元の目覚まし時計に目を向けて……「三時」とつぶやく。

「雨、降ってるのか」

どうやら、天候が荒れ模様のようだ。ピッタリと窓を閉めているのに、耳を澄ませなくても激しい風雨の音が聞こえてくる。

そういえば、今夜は前線の通過に伴う春の嵐に注意するようにと、天気図を前にした気象予報士が言っていた。

「ヤダな」

夜の嵐は苦手だ。今夜はまだ、雷が鳴っていないだけマシだけど……と思った直後、佐知をあざ笑うかのように雷鳴が鳴り響いた。

「うわぁ！」

思わず漏れた悲鳴を、情けないと考える余裕などなかった。

布団に潜《もぐ》り込んでキリンを抱き締めたのとほぼ同時に、すぐ近くに雷が落ちた。窓がビリビリと震え、天井の照明が不安定に点滅する。

「……っ」

佐知は、奥歯を噛み締めてキリンを抱く腕に力を込めた。

耳の奥で、激しい鼓動が響いている。早く通り過ぎろと、呪文のように心の中で繰り返して全身を強張らせる。

「怖くない、怖くない……大丈夫」

ギュッとキリンを抱き締めながら、祈るように独り言をつぶやく。

そうしてなんとか雷鳴から意識を逸らしていたけれど、一際大きな落雷の音が響いた直後、視界が暗闇に包まれた。

恐れていた停電だ。

「ッ……」

手が……震える。冷たい汗が背中を伝い、ドクドクと猛スピードで全身を駆け巡る脈動を感じた。

キリンに縋りつく手に、ますます力が増す。

震えながら身体を縮めているると、戸口から名前を呼ぶ穂高の声が聞こえてきた。

「……佐知。寝てるか？」

「ぁ……！」

雷鳴に掻き消されてしまいそうなほど遠慮がちで、もし眠っていたら、耳に届かなかっただろうささやかな声だ。

でも今の佐知の耳には、風雨や雷鳴の中にもかかわらず不思議なほどはっきりと聞こえた。

布団を撥《は》ね除けるようにして身体を起こすと、ドアの隙間からかすかな光が差し込んできているのがわかった。

「穂高っ、さん」

佐知が応えたからか、ほんの少しだったドアの隙間が大きくなり、懐中電灯の光が差し込んでくる。

「起きてるか。停電になったみたいだが、すぐに……どうした？」

懐中電灯のわずかな光でも、佐知の異変は察せられたのだろうか。途中で言葉を切った穂高が、佐知の座り込んでいる布団の脇に膝をつく。

床の上に置かれた懐中電灯の光が、こちらを見ている穂高の顔をぼんやりと照らし出した。

「佐知？」

「お、おれ……っ、うわっっ！」

雷が苦手なのだと、情けない告白をするより早く、行動で示してしまう。

落雷音と同時に、すぐ近くにいる穂高へと抱きついてしまった。

「ご、ごめんなさい。おれ……雷も、真っ暗なのも、ダメ……でっ」

十八の男がみっともないとか、考える余裕もない。

右腕にキリンを抱えたまま、ぬくもりを求めるように穂高へと身を寄せる。小刻みに震える肩を、大きな手が包み込んで……胸元に抱き込んでくれた。

……パジャマの薄い生地越しに、穂高の体温が伝わってくる。

ゴロゴロと不気味な音が響くたびに身体を震わせてしまう。そうして肩を強張らせるたびに、穂高は宥《なだ》めるように佐知の背中をポンポンと叩いてくれた。

「大丈夫だ。これで……聞こえない」

ポンと背中を叩いたかと思えば、両耳を大きな手で覆われる。

当然、それくらいで雷鳴の音をシャットアウトできるわけではない。吹き荒れる激しい風雨と、雷鳴は聞こえていて……でも、ぬくもりに包まれていることで、いつになく恐怖が和《やわ》らいでいた。

「ごめんな、さい」

「謝らなくていい。苦手なものは、誰にでもある」

普段と同じ、淡々とした声だ。いつもより優しげなものというわけではない。けれど、穂高のその変わらなさが嬉しかった。

そうして、どれくらいの時間が過ぎただろうか。

叩きつけるような激しさだった雨の音が少し静かになり、雷鳴が遠ざかる。

ようやく強張っていた全身から力を抜くことのできた佐知は、穂高の腕の中でもぞもぞと身体を捩《よじ》った。

パニック状態が落ち着くと、とてつもなく恥ずかしい。

羞恥のあまり顔を上げられなくて、穂高が着ている紺色のパジャマの胸元をジッと見詰めながら口を開いた。

「ごめんなさい。おれ……っ、嵐の夜に、両親に置いていかれ……て。真っ暗で、心細くて、でも……朝まで待ってても、帰ってこなか……った」

両親は、佐知が眠るのを待って車で自宅を出たのだろう。

深夜、今夜のような激しい雷雨に起こされた佐知は、停電した真っ暗な自宅の中を手探りで歩いて両親の寝室へ向かった。

当たり前に居るはずの両親の姿は、そこになくて……翌朝、警察からの電話で両親がいなかった理由を知った。

嵐に対する不安と、両親不在の不安。色んなものが一緒になって、佐知の記憶に住みついている。

「いい年して、って思うけど……今でも、電気を消して寝られない。雷も……暗いのも、怖いんだ。これまではキリンを抱いて、なんとかやり過ごしてたんだけど……穂高さんに迷惑、かけちゃ……った。ごめ、んなさい。おれ、情けな……ぃ」

ポツリポツリと語る佐知の言葉を無言で聞いていた穂高は、さっきと同じように背中の真ん中を軽く叩く。

「不思議、だ」

言葉では形容し難い安堵感に、佐知は穂高の着ているパジャマの裾を握り締めた。

「不思議？」

「穂高さん……、キリンに抱きついてるみたいに、ホッとする。これまで、キリンだけにしか情けないところ、見せられなかったのに。穂高さんには、もっとみっともない姿を見せちゃってるせい……かな。キリンと同じくらい、優しい……」

今、自分が感じているものをどう言えばうまく伝えられるか、わからない。迷いながら、ポツリポツリと脈絡のない言葉を口にする。

背中にある穂高の手に、グッと力が籠って……再び強く抱き込まれた。

「あまり、無防備になるな」

「ご、ごめんなさ……い。おれ、図々し……」

「そうじゃない。佐知は悪くない。どうも……言葉が下手で、ダメだな」

穂高がなにを言いたいのか、鈍《にぶ》い佐知には察することができない。でも、変わらず背中にある手は優しくて……あたたかい。

優しい、優しい感情が伝わってきて、どうしてだろう。泣きたいような、頼りない気分になる。

現実と非現実の狭間《はざま》にいるみたいで、なんとも不思議な空気が漂っていた。

震える息を吐き出したところで、パッと電気が灯った。同時に、ドッと現実が押し寄せてくる。

「あ……っの、なんか、変なこと聞かせてごめんなさい。今のおれ、ちょっとおかしいから、忘れて」

両親にまつわるあれこれは、穂高に聞かせるつもりのなかった話だ。

暗闇と雷、佐知にとって心身を乱す二つのものが、正常な判断を奪っていたとしか思えない。

消え入りたいような気分で、穂高のパジャマのボタンを見詰めた。

「本当に、ごめ……あ！」

謝罪を重ねようとした佐知だったが、腕に抱えたままだったキリンに目を向けて……息を呑んだ。

力任せに摑んだせいか、首の後ろのところが破れて、白い綿がはみ出ている。

「キリン！　おれ……が、力任せに抱きついたからっ。どうしよ……っ」

焦ってぐいぐいと押し込もうとしても、かえって破れ目が広がってしまったらしく、綿が溢《あふ》れ出てくる。

どうしよう。キリン……が。

「ごめ……、ごめん、ね。どうしたら……っっ」

佐知は半べそ状態になりながら、キリンを両腕で抱き込んだ。

大事に大事にしていたのに、パニックになって傷つけるなんて……最悪だ。

ごめんねと繰り返しながら、震える手でキリンを抱える。恐慌状態でキリンを持つ佐知の肩に、穂高が手を乗せた。

「佐知。大丈夫だ。縫い目がほつれただけだから、簡単に修復できる」

のろのろと顔を上げると、穂高と目が合った。

真摯《しんし》な目で。ジッと佐知を見ている。

修復できる？

「ほ、ほんと？　直してもらえる……っ？」

「ああ」

縋る目で聞き返した佐知に、穂高は躊躇《ためら》いなくうなずいた。

佐知の手からキリンを引き取り、綿がはみ出している部分を指先で辿る。

「心配しなくてもいい。元どおりになる」

「ホント？　な、ナルミさんに……頼んでくれる？」

「……ああ」

はっきりと首を縦に振ってくれたことを確認して、ようやく肩の力を抜いた。

目元を手の甲で拭い、キリンの頭をそっと撫でる。

「ナルミさんに、ごめんなさい……って伝えて。大事にしてたのに、こんなふうにしちゃって……って」

真っ黒な瞳を見ながら、もう一度「ごめんね」とつぶやいた。まるで、傷つけられて泣いているみたいだ。

「佐知が大切にしてくれていることは、わかるはずだ。このぬいぐるみ、幸せそうな顔をしているからな」

「顔？　ぬいぐるみの顔で……わかる？」

半信半疑で聞き返すと、穂高は真顔で「ああ」と首を縦に振った。

キリンの角、艶々の瞳を指先で撫でてほんの少し目を細める。それはいつになく優しい表情で、佐知の心臓は奇妙にトクンと脈打った。

「作り手には、大事にしてもらっているかどうかわかるだろう。佐知に大切にされていることのキリンは、そういう顔をしている。……ありがとうと、感謝して幸せそうだ」

大真面目にぬいぐるみのキリンの『顔』を語る穂高に、佐知は自然と頬を緩ませた。

隙のない、格好いい大人の男の人なのに……ぬいぐるみの代弁をするみたいに満足だと語る。

佐知をバカにしているふうでもなく、適当な言葉で誤魔化そうという雰囲気でもなく……。

酔いに任せた佐知のプロポーズを真に受けた時も感じたことだが、この人は、いつも本気なのだ。

「まだ夜中だ。もう少し眠れ」

「……ん」

布団に入るよう促されて、素直に身体を横たえた。布団の脇に座り込んでいる穂高に、そっと手を伸ばす。

「穂高さん……は？」

「ここにいる」

ポツリと答えた穂高は、布団の脇に身体を横たえて佐知の手を握った。大きな手はあたたかくて、じわじわと全身にぬくもりが染み渡っていく。

「パジャマ一枚だと、寒くない？　半分こ、する？」

「……そうだな」

身体をずらして穂高のためのスペースを作った佐知に、穂高はポツリと答えて遠慮がちに身体を潜り込ませてきた。

……あたたかい。

雷や停電に怯えて、子供を宥めるように気を遣われて……恥ずかしいと思うのに、意地を張って突っぱねることができない。

意地やプライドを、安堵感が凌駕《りょうが》しているみたいだ。

なにより、穂高だから。

優しげにしていながら「ガキだ」とバカにしているのでは……そんなふうに、言動に変な裏があるのではなどと疑う必要がないと、わかるから。

キリンを抱いて眠る夜より優しいぬくもりに包まれて、ふわふわと微睡みに漂った。

《七》

喫茶店『風見鶏』は、今日も盛況とは言い難い。十四時になると、店内には志水と佐知の二人だけになってしまった。

おかげで、堂々と雑談することができる。

「……で、穂高は『NARUMI』が修復したって言ったのか?」

嵐の夜、穂高に抱きついたことや成り行きで添い寝してもらったことは省いて、キリンのぬいぐるみが破れたこと……直してもらえるよう頼んでもらったことを話した佐知に、志水は意味深な笑みを浮かべた。

「うん。簡単に修復できるって言葉どおりに、次の日の夜にバイトから帰ったら居間のソファに置かれていました」

破れて綿がはみ出していたキリンは、どこがほつれていたのかわからないほどきちんと修復されて、佐知のもとへと戻ってきた。

翌朝、朝食の際に礼と共に代金のことを尋ねたら、穂高は「いらん。簡単な作業だ、って話だ」と首を横に振った。

謝礼をさせろと食い下がろうにも、簡単な朝食を済ませた穂高は、また『開かずの間』に籠ってしまったのだ。

結局佐知は、ろくにお礼も言えなかったし『NARUMI』について尋ねることもできなかった。

「穂高さんを見てたら、なーんか思い出すなぁ……って考えてたけど、やっと思い出した。アレと同じなのかな。昔話の『鶴の恩返し』。覗いてはいけません……って、鶴が機織《はたお》りするやつ。ちょっとしっくりこないんだけど」

カウンターの上にある兎のぬいぐるみをジッと見詰めて、ポツポツと口を開く。

もちろん、兎のぬいぐるみからの返答は求めていなかったけれど、わずかな間の後に志水から返事があった。

「それは、助けてもらったことで恩を感じた鶴が、じいさんとばあさんに礼をする話じゃないか？」

「あー……そっか。それなら、おれが鶴にならなきゃいけないんだ」

しっくりこなかったわけがわかったと、ポンと手を打った佐知に、カウンターの内側に立っている志水が「ぶはっ」と噴き出した。

「さ、佐知くん面白いな。穂高もかなりの変人だと思ってたけど、君も天然くんだ」

「おれが？　穂高さんは確かに天然入ってると思いますけど、おれは普通ですよっ」

「いやいや、普通の十八歳男子は、自分より遥かにでかい一回りも年上の男に、嫁に来いなんてプロポーズをしないでしょー」

それを言われると、反論できるだけの材料がない。

むむ……と口を噤んだ佐知に、志水がコーヒーカップを差し出してきた。

「カフェオレのお代わり、どうぞ。まぁ……同居は結果的によかったんじゃないかな。穂高にとっても……ね」

「そう……かな。おれ、なーんにも役に立っていないけど」

穂高の家に同居をさせてもらって、一カ月近くが経った今も……当初と状況は変わっていないのだ。

簡単すぎる朝食の準備をするだけで、穂高のために特別ななにかができるでもない。今の佐知は、穂高に甘えっぱなしだ。

もどかしさのあまりため息を一つ零して、志水を見上げた。

会話に『ＮＡＲＵＭＩ』が出たついでに、ずっと気になっていたことを聞いてしまえと口を開く。

「志水さん、もしかして『ＮＡＲＵＭＩ』さんって、穂高さんの彼女？　最初に、おれが好き好き光線を放って語ったから、警戒して逢わせてくれない……とか」

志水も穂高も、『NARUMI』について知っていながら佐知に紹介してくれない理由は、なにか……思い悩んだ末に導き出した結論は、これだった。

一瞬、キョトンと目を瞠った志水だったが、クスリと笑って返してくる。

「なるほど。考えたねぇ。でも、残念ながらハズレだ。もしそうなら、佐知くんのプロポーズを受けたりしないだろ」

「うぅ……じゃあ、志水さんの彼女？」

「それ、穂高に言ってみな。どんな顔をするか、楽しみだなー」

またしても、はぐらかされてしまった。

確かに佐知は、勝手に『NARUMI』という人物について理想化していたかもしれない。優しくて、純粋で……顔とか外見じゃなく、綺麗な人。春の陽だまりみたいなイメージだと、そう語った。

でも、志水が言うように『中年男性』でも、『お年寄り』であっても、絶対にがっかりしたりしない。

「おれ、キリンのお礼を言いたいだけなんだけどなぁ。あと、お願いがある」

「お願い？」

「……うん。あのキリン、独りぼっちだから……お嫁さんを作って、って頼みたくて。オーダーメイドってどれくらい費用がかかるかわからないけど、おれが働いたお金で作ってもらおうって決めてたから」

独りぼっちのキリンに、お嫁さんを。『NARUMI』に逢えたら、そう頼みたいと思っていた。

「なるほど。可愛いお願いだ。主がお嫁さんをもらったからには、次はキリンだな。まあ、主のお嫁さんは無愛想で可愛げのないキリンだけど」

穂高を、無愛想で可愛げのないキリンに喩えて「うんうん」とうなずく志水に、まだそのネタを引っ張るかと苦笑を滲ませる。

「だから、それやめてくださいって。穂高さんも、本気でおれのお嫁さんだなんて思ってないだろうし」

佐知にとって、穂高へのプロポーズは酔っ払いの失敗談だ。こうして志水が面白おかしく持ち出すだけで、穂高は話題にすることもない。

唇を尖らせた佐知に、志水はふと笑みを引っ込めて尋ねてきた。

「で、実際のところ……佐知くんは、穂高のことをどう思ってる？　可愛いお嫁さん、じゃないことはわかったけど」

改めて「どう思っている」などと尋ねられ、心臓が奇妙に脈打った。

志水と目を合わせていられなくなり、さり気なくカウンターに鎮座している兎に視線を逃がす。

「いきなり、どうって聞かれても……。えっと、いい人……誠実で格好いい大人の男の人、って感じで、あとは……謎の人かな」

佐知から目を逸らすことのない志水には、挙動不審だと思われているかもしれない。

こんなふうになってしまったのは、あの嵐の夜に穂高の体温を感じて、説明し難い安堵感に包まれたせいだろうか。

あれ以来、必要以上に穂高を意識していると、自覚がないわけではない。

佐知が正面から目を合わせられないことに、穂高が気づいているかどうかはわからないけれど。

「謎？」

首を捻って聞き返され、追及されたのがその部分だったことに少しだけホッとした。

うなずいた佐知は、謎の根拠を語る。

「うん。『開かずの間』に入ったら、なかなか出てこないし……物音が漏れ聞こえることもないし」

「ああ。心配しなくても、犯罪行為に手を染めてはないよ」

笑みを含んだ声で茶化されて、カウンターの上で手を握った。

自分を子供扱いして、そうやって誤魔化そうとしている。そう感じた佐知は、キッと志水を見上げて言い返した。

「そんなこと、わかってますっ。逆に、おれみたいな得体の知れない人間を簡単に自宅に入れたりして……大丈夫なのかと、心配になるくらいで」

「はは、穂高を信用してるなぁ。プロポーズは、撤回する気？」

「撤回もなにも、穂高さんだって本気にしてないでしょう？　おれが可愛い女の子なら悪い気もしないかもしれないけど、男じゃ……いい迷惑って感じ、で」

自分で言っておきながら、穂高はどれだけ寛容なのだと感嘆する。佐知を居候させることに、彼自身へのメリットなどないはずだ。

祖父母への恩義を感じてのことかと思っていたけれど、いっそボランティアが趣味だと言われたほうが納得できるかもしれない。

「男とか女とかってライン引きは、あんまり意味がないんじゃないかなぁ。同じ『人間』だろ？」

落ち着いた調子での正論に、ますます佐知の焦燥感が増した。

これはなんだろう。

どうにかして、否定しなければ……と、警鐘《けいしょう》のようなものが頭の中に鳴り響いている。

否定。なにを？

……わからない。

ただ、佐知自身も気づいてはいけないモノがすぐそこにあるみたいで、変な焦りばかりが増す。

「そ、かもしれないけど、だからって、酔っ払いのプロポーズが有効になるわけじゃないですよね。穂高さんは、真に受けたふりをしておれを援助してくれているってだけで」

「佐知くんに、その気はない……ってことか」

しどろもどろに言い募る佐知をよそに、志水は落ち着いた様子で腕を組んでつぶやいた。

なによりも、こうして佐知の真意を確かめようとする志水の狙いは、なんなのだ？

大切な友達が面倒に巻き込まれないようにと、警戒している？　でも、それなら最初に同居を後押ししなければよかっただけでは……。

穂高も謎の人だが、志水もよくわからない。

どう答えれば正解なのかわからなくて、佐知は常識を振りかざすことにした。

「当然、ですっ。おれ、バイト先の大学生の女の子が気になってて……美々《みみ》ちゃんっていうんだけど、おれより小さくてすごく可愛い子でっ」

心の中で、バイト仲間の彼女に「ダシにしてごめん」と手を合わせる。

実際に美々は可愛い女の子だし、気の合うバイト仲間でもある。ただ、彼女には高校生の頃からおつき合いをしている社会人の彼氏がいると知っている。

「そいつは残念」

佐知の言葉に小さく息をついた志水は、実は……と声を潜めてカウンターに身を乗り出してきた。

真顔で続けるので、なにかと思えば。

「実は……僕の密かな趣味は、キューピッドなんだ。久々に、本領が発揮できるかと思ったんだけど」

そんな、冗談としか思えない言葉を口にして「ここしばらく出番がないせいで、恋の矢が錆《さ》びそうだ」と、ため息をつく。

「……キューピッド……」

ボソッと零した佐知は、啞然とした顔になっているに違いない。

頭の中では、お決まりの白い衣装を纏った志水が、キラキラとした弓とハート型の矢を手にして飛び回っていた。

「似合う……怖い」

優しげで綺麗な顔をした志水に、ステレオタイプのキューピッドの衣装は恐ろしく似合う。勝手に想像しておいて失礼だが、違和感があまりないのが怖い。

一人で眉を顰めて思い悩んでいると、カウンターの内側にいる志水が「クックックッ」と声を殺して肩を震わせた。

「佐知くん、一人百面相をしているよ。愉快な子だねぇ」

「……志水さん、からかった？」

ジトッとした目で志水を見上げて、頬を膨《ふく》らませる。

佐知を子供だと思って、からかったに違いない。悪趣味な。

ひとしきり笑った志水は、「笑ってごめん」と返してきたけれど、頬を緩ませたまま言葉を続けた。

「でも、八割くらいは本当のことだよ。あ、ちなみに穂高は、どんな時もなにを言っても、百パーセント本気だから」

「それは、わかる……かな」

あの人は、常に大真面目だ。だから……かえって、なにを考えているのか読めないのだけれど。

「あっ、こんな時間だ。おれ、バイトに行きますっ。お昼ご飯、ごちそうさまでした」

時計に目を向けて時間を確かめた佐知は、慌ててスツールを立った。

一度家に戻って、『開かずの間』に籠っている穂高に昼食を届けてから『豆狸』に向かうので、少し余裕を持って動かなければならない。

「おれのお昼代、ちゃんと別に計算しておいてくださいねっ」

佐知が代金を払おうとしても、志水は「纏めて月末に穂高に請求する」と言って、受け取ってくれないのだ。

きちんと払わせてもらえるのか不安で、何度も念を押してしまう。

「はいはい、行ってらっしゃい」

真剣に訴えた佐知に、志水は笑って手を振ってくる。

……自分で、昼食代やコーヒー代をメモしておこう。

そう思いながら息をついた佐知は、カウンターの上からこちらを見ている兎に「またね」と言い残して、『風見鶏』を出た。

□□□

「おーい、若者二人。今のうちに裏で飯食ってこい」

四人組のお客を見送ってテーブルの片づけをしていると、カウンターの内側から若田が声をかけてきた。

週のはじめということもあり、客足は鈍い。九時過ぎだというのに、店内にお客がいなくなった。

「はぁい。佐知くんのご飯も、持っていくね」

食器洗いのためにカウンターの内側にいた美々が、若田からまかないを受け取って控室に向かう。

佐知もテーブルの拭き掃除を終えて、若田に「いただきます」と声をかけると、裏に引っ込んだ。

四畳ほどの広さしかない控室には、テーブルはない。小さなイスに腰かけた美々が、両手に丼を持って佐知を待ってくれていた。

「お待たせ。ありがと」

「焼き鳥丼、おいしそうだよ〜。いただきますっ」

佐知に丼を手渡した美々は、箸を手にしてさっそく食べ始めた。小柄な女の子なのに、見事な食べっぷりだ。

「佐知くん？　具合でも悪い？」

「あ、ううん。いただきます」

ぼんやりしていた佐知は、慌てて箸を持つ。

丼飯に千切りキャベツと焼き鳥、温泉卵と刻み海苔がトッピングされた焼き鳥丼は絶品だがサービス精神の溢れる若田の手によって『大盛り』だ。

佐知と同じ量を黙々と掻き込む美々は、本人に言えば怒られそうだが……男らしいとしか表現しようがない。

「おおっと、着信。しまった、音消しを忘れてた」

ロッカーの前に置いてある美々のバッグから、軽やかな音楽が聞こえてくる。チラリと目を向けた美々は、気にしつつ手を伸ばそうとはしない。

「休憩時間だし、出てもいいと思うけど。丼、持っててあげる」

美々から丼を引き取った佐知が促すと、迷いを残しつつうなずいてバッグを引き寄せた。手早くスマートフォンを取り出して、耳に押し当てる。

「……ごめん、バイト中。うん。……でも、十二時近くになるよ。わかった。じゃあ、コンビニに寄る」

短く会話を交わした美々は、スマートフォンをバッグに戻して「ありがと。助かった」と佐知の手から丼を受け取る。

底のほうに残っていたご飯を一気に掻き込み、顔を上げた美々は……晴れやかな表情だ。

「彼氏？」

思わず尋ねた佐知に、パッと頰を染めて肩を叩いてきた。

「やっだ、わかった？　バイトの終わり、夜中になるって言ったのに……駅前のコンビニで待つって。夜道の一人歩きを心配してくれてるのは嬉しいけど、ちょっと過保護だよね。六つも上の彼から見れば、私なんて子供なのかもしれないけど」

「……いい彼氏だね。優しい」

そんなラブラブな彼氏がいるのに、勝手に『気になる子』として名前を出してごめん、と改めて心の中で謝る。

彼女は、そうして佐知が後ろめたいような気分になっていることなど知る由《よし》もなく、

「佐知くんは？」

そう、首を傾げた。

佐知はなにを尋ねられているのかわからなくて、「なにが？」と目をしばたたかせる。

「彼女、いないの？　子猫ちゃん、って感じで可愛いし、明るくて話しやすくて……佐知くんみたいなタイプはモテるでしょ？」

「い、いない。だいたい子猫ちゃんって……それ、男に対する形容として間違ってると思わない？」

少し前にも、志水から猫のぬいぐるみに喩えられたぞ、と。複雑な気分になって、眉を顰める。

「間違ってない。だって、失礼だけどライオンだとは自分でも思わないでしょう？　でも、そっか。佐知くんはフリーか。あ、そういえば初チューの相手をお嫁さんにもらう、って言ってたっけ。重要なキスは、大事にしなきゃね」

「……っ、おれ、そんなこと言ったたっっ？」

子猫とかライオンだとか、そんなものが吹き飛ぶ爆弾発言だった。さり気ない調子で口にした美々に、ギョッと目を瞠って聞き返す。

初めてキスをした相手に、お嫁さんになってもらおう。そんな野望は、誰にも話したことなどなかったはずだ。

「あれ、憶えてない？　ほら、歓迎会で……間違ってカクテル飲んでいい気分になってたでしょ。その時に、自分で言ったんだよ。先輩たちなんて、今時珍しいって大うけしてたけど。純情なロマンチストだねぇ」

ふふふ、と笑った美々は佐知をバカにしているふうではない。いい子だ。

酔った勢いで、自らそんなことをしゃべったのだと聞かされた佐知は、自分の愚かさ加減に頭を抱えたくなってしまったけれど。

呆然としている佐知に、美々は笑みを深くして言葉を続けた。

「そんな、絶望的って顔をしなくても……バカにしてるわけじゃないよー。だいたい、女の子のほうが現実主義なんだよね。実は、男の子のほうがロマンチストとか可愛いもの好きって多いし。ファンシーグッズとかキャラクターもののデザイナーとか、男の人が結構いるって大学の先生も言ってたよ」

笑いながら背中を叩かれて、「はぁ」と気の抜けた返事をする。

そんなもの……なのか？

佐知は、キリンのぬいぐるみを抱いて寝る男など、知られたら気持ち悪がられるとばかり思っていたのに。

「彼女がいないなら、好きな女の子は？　コイバナ、聞かせてよ！」

含み笑いを漏らしながら肘で脇腹を突かれて、苦笑を滲ませた。

高校の時の同級生に通ずるものがある。女の子は、どうにも色恋沙汰の話が好きなようだ。

「……悪いけど、面白い話は聞かせてあげられそうにないな」

よく考えたら、中学……高校と、女の子を特別に意識したことはなかった。

つき合いが密な田舎で、周りの異性とはお互いに身内感覚だったということもあるかもしれないけれど……。

「若いのに、枯れるには早いぞ。気になる人とかも、いないの？　この前、シュークリーム屋さんの前で真剣な顔してたけど、店員のお姉さん美人さんだよね」

「そう……だった？」

応対してくれた店員が美人かどうかなど、記憶にない。

あの時の佐知の頭にあったのは、穂高はどれが好きだろうと……彼のことばかりだった。

穂高のことしか、考えていなかった。

そうして穂高のことを思い浮かべた途端、奇妙に鼓動を打つ。

「あ……れ？」

「どうかした？」

「な、なんでもない」

美々が美人だというシュークリーム屋の店員より、穂高のことばかり考えている自分は少し変じゃないか？

「初チューを捧げてもいいって思える相手ができたら、ぜひとも教えてね。もしプロポーズが成功したりしたら、うわー……ロマンだ」

丼を抱えつつ、うっとりとロマンだと口にして目を輝かせる美々を笑う余裕はない。

初チューと、プロポーズ。佐知自身の記憶は曖昧なものだけれど、どちらも敢行《かんこう》済みなのだ。

しかも、返事は『イエス』で……。

じわじわと、首から上に血が集まるのを感じた。

「佐知くん？　顔、真っ赤だよ」

「いやいやいや、違うっ」

アレが、有効なわけがない。いくら穂高が『常に百パーセント大真面目』な人間でも、どう考えてもおかしいだろう。

自分の頰を叩いて勢いよく頭を左右に振った佐知に、美々は「よくわかんないけど、楽しそうだねぇ」と、微妙に身体を引いて苦笑いをしている。

ふと、年上の恋人がいる美々なら佐知よりは『大人の男性』を理解しているかな、と思い浮かんだ。

「あのさ、美々ちゃん。ちょっと聞いていい？」

「どーぞ？」

居住まいを正して真顔になった佐知に、少し不思議そうな顔をしながらもうなずいてくれる。

「それなりの年齢の男の人が、雑用を押しつけるでもなく家賃を取るでもなく、見返りを求めることなく年下の他人を自宅に住まわせる……って、どんな心理だろ」

学生時代に祖父母から受けた恩を、孫の佐知に返す。

そんな理由で納得しようと思ったこともあるけれど、さすがに百パーセントそんな理由だと能天気に信じ込むことはできない。

「つき合っていて、同棲じゃなくて？」

「……じゃなくて」

佐知の答えに、美々は「えー？」と首を捻った。

佐知自身がわからないのだから、そこに至る経緯を全然知らない美々が見当もつかないのは当然かもしれない。

でも、どこまで話せばいい？　あの、酔っ払った勢いでのプロポーズを穂高が「いいぞ」と受けて……なんて、ダメだ。話せない。

自分でも冗談みたいだと思うのだから、穂高のキャラを知らない美々には、佐知がふざけているとしか思ってもらえないかもしれない。

だいたい、穂高が女性ならともかく『大人の男性』という部分が複雑さに拍車をかけている。

「親戚とかでもなくて、ただの好意でまったくの他人を……っていうのは、ちょっと怖いんじゃないかなぁ。下心がないほうが不気味だね」

難しい顔で『下心』を語る美々に、佐知は「穂高さんはそんな人じゃない」と反論したいのを、グッと抑えた。

「下心、って……相手から見ればガキなんだから大金なんか持ってない、だろうし……」

「……佐知くん、ホントに純粋だよね。そんな佐知くんに、汚れたことを聞かせるのは気が咎めるけど……下心にも種類があって、ね。偏見だと思うけど、中年の男が若い女の子に向ける下心と言えば、やっぱりカラダでしょう」

訥々《とつとつ》と語る美々の言葉を黙って聞いていた佐知は、「かっ、カラダ」とつぶやいたきり絶句した。

穂高は中年ではないし、自分は若い女の子ではないが、美々の間違いを正す余裕などない。

生々しい響きの単語に、佐知が唇を引き結んで目を白黒させていると、美々は声を上げて笑った。

「あはは、さすがに天然な佐知くんでもその意味はわかるか」

「か、からかったねっ?」

それまで真剣な顔をしていた美々が破顔したことで、佐知はからかわれたのかと唇を尖らせた。

美々は頬を緩ませたまま、「ごめんごめん」と誠意の感じられない謝罪を口にする。

「でも、それくらい『見返りなしでのボランティア』は信じられないかな。性善説で成り立つ社会が理想だけど、それがなかなか難しい……っていうのは、社会学の先生の受け売りだけどね。それに、大半の人間は無償の好意って言われるより、なにか求められたほうが気分的に楽なんだろうな。施しなんかいらない、っていうプライドかなぁ」

真面目に分析しようとしている美々の隣で、佐知は言われた言葉を頭の中で整理する。

穂高から『可哀想《かわいそう》な子供へ施しを』という空気を感じたことは、一度もない。佐知も、プライド云々《うんぬん》で穂高に甘えることを躊躇ったわけではないし……。

でも、だからといって『下心』を持ち出すのは極端ではないだろうか。どう考えても、あり得ない。

「あっ、『あしながおじさん』って児童書を思い出した。知ってる？　見返りなく、匿名《とくめい》で援助を……って、そう考えたらロマンチックかな」

「ああ……詳しくは知らないけど、なんとなくわかるかな」

きちんと本を読んだことはない。ただ、美々の言うように匿名で少女に援助する話だということだけは、漠然と思い浮かぶ。

佐知は穂高のことを知っているので、正体不明だった『あしながおじさん』とは少し違うかもしれないけれど……。

「おーい、若者たちよ。飯は終わったか?」

不意に扉が開いて、若田が顔を覗かせた。

素早く食事だけするつもりだったのに、雑談で時間を費《つい》やしてしまったと、慌ててイスから立ち上がった。

「あっ、ハイ。すみませんっ」

美々と見事にハモってそう答えた佐知は、空になった丼を手にして急ぎ足で控室を出た。

穂高のことを一生懸命に考えていたせいか、心臓が変にドキドキしている。

でも……そのわけを追及してはいけない。深く考えてはいけないと、無理やり目を逸らして頭から『穂高』を追い出した。

そうでなければ、今のように一緒にいられなくなるという危機感だけは、確かなものだった。

《八》

いつものように『風見鶏』でランチを食べさせてもらった佐知は、食後のカフェオレを一口飲んで「はぁぁ」と特大のため息を零した。

カウンターの内側で、コーヒー豆を挽《ひ》いている志水には聞こえない……と思っていたのに、ミルの音が止まった。

「佐知くん、なーんかやつれてない？　おっきなため息だねぇ」

「っ、いえ！」

顔を上げた佐知は、慌てて首を左右に振る。

志水と視線を合わせることができなくて、逃げを図ったところでカウンターの上に鎮座している兎と目が合う。

手持ち無沙汰なのを誤魔化すべく、そっと手を伸ばした。

「相変わらず、いい手触り」

ふ……と唇を綻ばせたところで、カランと扉の開く音が聞こえてくる。戸口に目を向けた

志水は、

「いらっしゃ……あ、あれ？」

と、お客を迎えるには違和感のある言葉を口にした。いつにない志水の態度に、佐知も身体を捻って入り口を見る。

ドアのところに立っているのは、若い女性だ。志水に向かって、「こんにちは」と軽く手を振る。

「お久し振りです。……待ち合わせですか？」

「ええ。テーブル席、いいかしら？」

「……どうぞ」

志水は、何故かチラリと佐知を見遣って微笑を浮かべた。

窓越しにやわらかな日差しが差し込むテーブル席についた女性は、志水や穂高と同じくらいかもう少し下の年齢だろう。

肩に届くふわふわとした髪は、ダークブラウン。シンプルで上品な紺色のワンピースがよく似合っている。

常連さんだろうか。ここに通うようになって二ヵ月そこそこの佐知は、初めて目にする女性だけど……。

「佐知くん」

「はっ、はい？」

志水に話しかけられた佐知は、背後のテーブル席にいる女性を必要以上に窺っていたことを咎められた気分になって、慌てて顔を上げた。

目が合った志水は、佐知の不躾《ぶしつけ》な行動を咎めるのではなく、

「ちょっと、お願いがあるんだけど」

そう口にしながらエプロンのポケットを探り、カウンターの上にある兎の隣に五百円玉を置く。

「メチャクチャ申し訳ないんだけど、コンビニまでひとっ走りしてもらっていい？　迂闊なことに、牛乳を切らしそうだ。明日には業者さんが来るんだけど、ひとまず……一リットルのパックを二つ買ってきてもらいたいんだ」

「それくらい、おやすい御用《ごよう》です。牛乳だけ？」

「うん。ホントにごめん。ヨロシク」

申し訳なさそうに手を合わせた志水にうなずいた佐知は、五百円玉を握り締めてスツールを立った。

喫茶店を出て、駅の近くにあるコンビニを目指して早足で歩きながら首を捻る。

「志水さん、そういううっかりとかしなさそうなのになぁ」

まるで、自分を店から出すための理由を無理に作ったみたいだ……と思いながら、何気な

く振り向く。

角を曲がる直前だった上に、電柱が邪魔をしてはっきりとは見えなかったけれど、

「あれ、今の穂高さん……？」

佐知と入れ替わるようなタイミングで、『風見鶏』に入る穂高の姿が見えた……ような気がした。

わざわざ戻って確かめるわけにもいかず、不可解なものを抱えたままコンビニに急ぐ。

「おれがいちゃ、いけなかったのかな。でも、なんで……？」

佐知が昼食のために家を出る時には、穂高はいつものように『開かずの間』に籠っていたのだ。

ただ単に、昼食のために『風見鶏』を訪れたのかもしれない。

そう思いながらも、あまりにもタイミングがいいせいで、佐知の胸の奥を奇妙にザワつかせている。

「あの女の人、と……穂高さん」

待ち合わせだという女性と、たった今店に入っていった穂高が、あそこで落ち合う約束をしていたのではないだろうか。

だとしたら、なんだ。

穂高が誰と待ち合わせをしようと、佐知が気にする理由などない。ただ……追い出された

みたいだと、変に勘繰《かんぐ》る自分が嫌だ。

「ああ、もうっ。一人で変なこと考えて、バカみたいだ」

頭を振ってモヤモヤとしたものを振り払った佐知は、数百メートル先に見えてきたコンビニへと小走りで向かった。


「……ただいま、です」

コンビニでの買い物を素早く終えた佐知は、『風見鶏』の手前で乱れた呼吸を整えてから、そっと扉を開いた。

窓際のテーブル席にさり気なく目を向けると、先ほどの女性と……向かい側に座る穂高の姿があった。

邪推《じゃすい》が現実だったと目の当たりにしてしまい、心臓がドクンと大きく脈打つ。コンビニの袋を握る手に、グッと力が入った。

「ありがと、佐知くん。早かったね」

「あ……はい。これで、いいですか?」

カウンターの内側から話しかけてきた志水に、コンビニの袋を差し出す。うなずいた志水

は、

「お駄賃《だちん》に、アイスカフェオレ淹れるね」

と、普段と変わらない笑みを向けてきた。

意図して「わーい、ラッキー」と大げさに喜んでみせた佐知は、カウンターのいつもの席に腰を下ろす。

余計なＢＧＭなどない、静かな店内だ。意識して聞き耳を立てなくても、ポツリポツリと会話を交わす穂高と女性の声が漏れ聞こえてくる。

さすがに話の内容まではわからないけれど、耳に神経を集中させれば拾うこともできそうだと思ってしまう自分が、すごく嫌だ。

聞くな。……気にするな。

そう自分に言い聞かせた佐知は、無理やり意識から二人を締め出して、カウンターの定位置にいる兎のぬいぐるみをジッと見詰める。

そうしてなんとか気を逸らそうとしても、同じ空間にいる穂高と女性を完全にシャットアウトすることができない。

佐知が店に戻ってきても、穂高は顔を上げようともしなかった。テーブルの上にパンフレットのようなものを広げて、真剣な様子で女性と二人で覗き込んでいた。

交友関係が広くない、ほぼ引き籠りだと志水に笑われる穂高だが、ああして女性と向かい合っているとものすごく自然な姿だった。

端整な容姿の、落ち着いた大人の男性だと……改めて思い知らされる。

ここで初めて逢ってから二ヵ月ほど。

家に住まわせてもらえるようになって、一ヵ月と少しで……なにを、どれだけ知っていたのだろう。

変な表現かもしれないけれど、ほとんど外出することのない穂高を、自分が独り占めしているような気になっていたのかもしれない。

これまで佐知が知らなかった穂高を見せつけられているみたいで、胸の奥がズキズキする。

こんなふうに感じること自体が、おかしいと……頭ではわかっているのに、動悸が治まってくれない。

「佐知くん」

「はいっっ！」

兎のぬいぐるみを睨むように凝視していた佐知は、志水に名前を呼ばれたことでビクッと肩を震わせた。

過剰な驚き方だったはずだが、志水はいつもと変わらない笑顔でアイスカフェオレが入った銅製のカップを差し出してくる。

「お待たせ。……ガムシロップもね」

「あ、ありがとうございます」

佐知が穂高と女性のことを気にかけていると、志水が気づいていないわけがない。恥ずかしい。

小さなピッチャーに入ったガムシロップをカップの中へ大胆に注ぐと、ストローを抜いて直接口をつけ、一気に飲み干した。

「ごちそうさまでした！　おれ、帰りますっ」

志水にカップを返すと、スツールから勢いよく立ち上がる。

いつもなら、バイトに向かうまでの数時間をここで過ごす。志水と雑談をしたり、コーヒー豆を挽かせてもらったり、祖父母の話や穂高の学生時代のエピソードを聞かせてもらったり……。

でも今日は、ここにいてはいけないという奇妙な焦燥感が込み上げてきた。変なことばかり考えそうだ。

「また明日」

「……お遣い、ありがと」

志水が佐知に向けた温和な笑みは、所謂営業スマイルだ。

巧みにお面を被られてしまったみたいで、佐知には思惑の一片でさえ読み取ることができない。

自分が子供なのだと、思い知らされたみたいだった。

きっと、志水は穂高とあの女性の関係を知っていて……その上で佐知をコンビニに行かせた意図はなんだろう。自分がいないあいだに三人でなにか示し合わせたのかと、穿《うが》ったことを考えてしまう。

唇を引き結んだ佐知がカウンターに背を向けて扉に向かっていると、聞こうというつもりのなかった女性の声がはっきり耳に飛び込んできた。

「……じゃあ、ブーケはこの色で。ドレスは純白が基本だけど、カラードレスも可愛いと思うの。お色直しができるように、二、三着用意していいかな。新郎のタキシードはスタンダートな白と黒でいい？」

「ドレスは任せる。俺は専門外だ」

「なに、他人事みたいな言い方してるのよ。主役なのに。最近はこだわる人が少なくなったって聞くけど、やっぱりジューンブライドって人気があるのね。式場、どこも半年以上前から予約でいっぱいみたい。プランナーさんも大忙しみたいで……」

グッと両手を握り締めた佐知は……止まりかけていた足をぎくしゃくと動かして、扉を押し開ける。

太陽の光が眩《まぶ》しくて、目を細めた。

視界と同じくらい、頭の中は真っ白だった。ただ、ここにいたくないという思いに背中を押されて、全速力で『風見鶏』を離れる。

脇目もふらずに走り続け……すっかり慣れた穂高の家に辿り着いて、ポケットから鍵を取り出す。

「あ、あれっ。なんで……」

鍵穴にうまく入らないのは、自分の手が震えているせいだとようやく気づいて、グッと親指のつけ根に噛みついた。

鈍い痛みで、やっと手の震えが止まる。なんとか鍵を開けて玄関に身体を滑り込ませると、膝に手をついて屈み込んだ。

耳の奥に激しい動悸を感じながら、荒い息を整える。

「っ……はぁ、は……っ、なんだろ、あれ……」

なんだった？　ブーケに、ドレスに……新郎。そして、主役……は穂高？

耳に入ってきた言葉の一つ一つが、グルグルと頭の中を駆け巡る。

「なに……？　わかんな……い」

嘘だ。本当は、うっすらと気づいている。

ただ……認めたくないだけで。

乱れた息が整い、動悸が鎮《しず》まっても、長い時間そこから動くことができなかった。

そして穂高は、佐知がアルバイトに向かうために家を出なければならない時間になっても、帰ってこなかった。

□□□

物音を立てないように玄関扉を開けたつもりなのに、シューズを脱いでいるとリビングの扉が開いて穂高が顔を覗かせた。

「お帰り、佐知。……今日は早いんだな」

不思議そうに尋ねられて、気まずい思いで「うん」とうなずいた。

まだ十九時を少し過ぎたところだ。帰宅するには早すぎる。

ぼんやりとしていて、皿を割ったりオーダーを間違ったり……ミスを重ねて。

見かねた若田に、「体調が悪いんじゃないか。今日は帰って休め」と、帰らされたのだ。

意地を張って店にいても、若田やアルバイト仲間に迷惑をかけるだけだとわかっていたので、素直に「ごめんなさい」と謝罪して帰宅させてもらった。

こんな時に限って、穂高は『開かずの間』に籠っていないのかと……頬を歪ませる。

「晩飯はまだか？　簡単なものでよければ、用意するが」

「……穂高さんが？」

「ああ。作るといっても、冷凍食品のアレンジ程度だが。少し待ってろ」

「あ、おれは……」

意外な申し出に驚いて、遠慮するタイミングを逃してしまった。佐知の返事を聞くことなく、リビングを出た穂高はキッチンへ向かう。

玄関先に突っ立っていた佐知は、小さなため息をついて靴を脱ぐ。自室にバッグを置いて、リビングへと入った。

本当は、穂高と夕食を食べようという気になどなれない。でも、イラナイとはっきり突っぱねることもできない。

穂高はなにも悪くないけれど、不調の要因であるのは確かだ。

けれど、いつもなら朝食の席で短時間顔を合わせるか、帰宅後に短く言葉を交わすだけの穂高と一緒にいられるのは、嬉しいのだ。

矛盾した感情が胸の内側で渦巻いていて、なんとも気持ち悪かった。

「あ……」

おずおずとソファの端に腰を下ろした佐知の目に、リビングテーブルの上に広げられているパンフレットが飛び込んできた。

ウェディングドレス……。それに、ブーケ。

開き癖がついたパンフレットには数ヵ所に付箋《ふせん》が張られていて、じっくりと読み込んでいることがわかる。

佐知は息を呑んで、幸せそうに笑うパンフレット写真の花嫁を凝視した。

ドクドクと、心臓が胸の奥で激しく脈打っていた。昼間、『風見鶏』で目にした、穂高と女性の姿が……パンフレットの新郎新婦の写真と重なる。

強く握り込んだ指先が、異様に冷たかった。

なに……？　なんで、こんなに息苦しいのだろう。

「佐知。うどんとピラフ、どっちが……」

「っっ！」

ドアのところから穂高の声が聞こえてきた瞬間、金縛りが解けた。

ビクッと肩を震わせた佐知は、反射的に立ち上がって震える息を吐く。

「い、いらない。せっかくなのに、ごめんなさい」

「そうか？　もっと軽いものなら」

「いいから、放っておいて！」

平素と変わらない、落ち着いた声で話しかけてくる穂高に、佐知だけが感情を乱している。

意味もなく、八つ当たりしているようなものだ。

傍にいたいのに、今は一緒にいることが苦しくて……自分でもわけがわからない。

このままでは何を口走るのかわかったものではないという危機感が込み上げ、穂高の脇を通り抜けてリビングを出ようとした。

「ちょ……と待て、佐知。具合が悪いんじゃないのか？」

「ッ、や……」

すれ違いざまに腕を摑まれてしまい、咄嗟に振り解く。

そんな佐知の態度に穂高が言葉もなく驚いている空気が伝わってきて、泣きそうになりながら「ごめんなさい」とつぶやいた。

「今のおれ、なんか変なんだ。穂高さんに八つ当たりしてるだけだから、気にしなくてもい……い」

「気にしなくていいと言われても、具合が悪いなら」

「おれのことなんか、放っておいてよっ。こんなバカなガキに、優しくしなくていい！」

穂高の顔を見られなくて、足元に視線を落とす。

みっともない。自分でもよくわからないイライラを、無関係の穂高にぶつけるなんて……最悪だ。

きっと、穂高も呆れているだろうと唇を嚙んで、今度こそ穂高の脇を抜けようと足を踏み出した。

「……放っておけない」

静かな声と共に腕が伸びてきて、左手一本で動きを制される。穂高に抱き留められるような体勢に息苦しさが限界に達して、頭を左右に振った。この腕を、振り切ろうという気力もない。

違う。そうではなくて……穂高に触れられることを嬉しいと思う自分がどこかにいるから、積極的に逃れようとしないのだ。

そんなことに、最悪のタイミングで気がついてしまった。

芋《いも》づる式に、どうしてこんなに苦しいのか……穂高のことばかり考えることの意味も、ぼんやりと理解してしまった。

「も……ダメだ。おれ、穂高さんといられない。近いうちに、出て行く……ね」

頭の中は、ぐちゃぐちゃに混線している。

穂高のことを『謎の人』だとか、『不思議』だとか思いながら、傍に置いてもらえることが嬉しかった。

嵐の夜、この腕の中にいればなにも怖くないと、今までになく心強くて安心できて……心地よかった。

穂高と一緒にいることが、今まで知らなかった安堵を与えてくれる。でも、なんだか息苦しいような落ち着かない気分になることもある。

美人だというシュークリーム屋の店員を前にしていながら、穂高のことしか考えられない理由なんて、気づきたくなかった。

「どうして、出て行くだなんて……」

「おれの、勝手。ごめんなさい」

言えない。

穂高のことを、本当に好きになってしまったからだ……なんて。

あの夜のプロポーズが有効なわけがなく、穂高には本当の『お嫁さん』になる予定の人がいるのではないかと、肯定されるのが怖くて問い質《ただ》すこともできない。

こんなに憶病な自分なんか、知らなかった。

「そんな理由で、納得できるわけがないだろう。俺が……なにか、気に障ることをしたか?」

「わからないなら、いいっ」

顔を上げられないまま、短く言葉を返す。

ずるいとわかっているけれど、穂高がわからないのならそれでいい。洗いざらいぶちまけて取り返しのつかないことになってしまうより、この先もたまに『風見鶏』で顔を合わせて、ポツポツと話ができればいい。

もし、佐知が穂高の傍にいられない理由を知られてしまったら、きっと世間話でさえも叶わなくなるから……。

「佐知。俺は相手の感情を察するのが苦手だし、言葉もうまくない。志水には、黙っていて相手に理解されようだなんて傲慢《ごうまん》だと怒られる。だから……佐知から言ってくれないか」

穂高が、多くしゃべるのが苦手なことは、佐知も知っている。今、こうして佐知に向き合ってくれていること自体が、彼の最大の歩み寄りだともわかる。

でも、だから苦しい。

穂高にとって、弟みたいな存在なのかもしれなくて……それ以上には決してなれないと思い知らされる。

胸の内側が色んなものでいっぱいになって、今にも溢れ出しそうになる。

「おれ、穂高さんの弟になりたいわけじゃない」

「……ああ?」

ポツリと零した佐知に、穂高は怪訝そうな響きで低く相槌を打った。

わけがわからなくて、当然だ。

けれど、そうして相手にもならないのだと……対象外なのだと改めて突きつけられた気分になり、胸の中でギリギリまで膨れ上がっていたものがパチンと弾けた。

胸元にある穂高の腕を両手でギュッと摑み、ギリギリで押し止めていたものを吐き出してしまう。

「おれっ、穂高さんの隣に可愛い女の人が並ぶところなんか、見たくないっ。本当に、穂高さんがおれのお嫁さんになってくれるわけがないって、わかってるのにっ……そうできたら、どれだけいいだろうって、バカなこと考えちゃうんだ。こんなふうに思ってるって知ったら、家に置きたくなんかないだろ。き、気持ち悪……ぃ、って思……ッ」

感情のまま一気に言葉を溢れさせていた佐知だったけれど、息が苦しくなって語尾をかすれさせた。

ヒクッとしゃくり上げるように息を吸うと、もうなにも言えなくなってしまう。

シン……と。静けさが戻った。

あまりの静かさに、ドクドク激しく脈打つ心臓の音が、穂高にまで聞こえてしまうのではないだろうか。

「ッ……」

やってしまった。

そんな絶望感に似たものが込み上げてきて、強く唇を噛んだ。

穂高は余程驚いているのか、なにも言わない。

ただ、佐知の身体を抱き留めるようにしていた左手から、ふっと力が抜けて……これで終わりだと、絶望的な思いが決定的になる。

いっそ、粉々に壊してしまってよかったのかもしれない。穂高がお嫁さんを迎えることを、笑って祝福できる自信はなかったから。

祖父母の気配が残る『風見鶏』に、この家。心地いい場所を、自らの手で壊してしまったことは……自業自得だ。

「ごめ……ね。近いうち、じゃなくて……今すぐ、出て行く」

深くうな垂れて、ぽつんとつぶやく。

そのまま一歩足を踏み出した瞬間、頭上から穂高の声が落ちてきた。

「待、て。佐知」

低い声と同時に、痛いくらいの力で二の腕を掴まれる。顔を背けていると、もう一度「佐知」と名前を呼ばれて、のろのろと顔を上げた。

往生際《おうじょうぎわ》が悪いかもしれないけれど、穂高と目を合わせることはできない。彼の耳元に視線を逃がしながら、

「口数少なくても、穂高さんが優しいの、知ってるけど……今は逆効果。こんなふうにされるの、ひどい……よ」

かすれて震える、情けない声で訴える。

フォローなどいらない。

佐知のためを思うなら、放っておいてくれないだろうか。

キリンを抱いて、初恋と初失恋を同時に経験した自分を慰めたい。傍《はた》から見れば滑稽《こっけい》でも、そんなふうにどっぷりと『可哀想な自分』に浸って……どん底まで落ちたら、その底を蹴って浮上するから。

これまでも、そうやって顔を上げて生きてきた。底まで落ちたら、あとは浮上するのみだ

と……。

でも、一度甘やかされることを知った今の自分は……ぬくもりのないキリンと二人だけの日々に、戻れるのだろうか。

この絶望感に、本当に底は存在するのだろうか。

強く食い込む穂高の指からは、あの嵐の夜に感じたものと変わらないあたたかさが伝わってきて、震えそうになる奥歯を噛み締める。

ここでベソをかくなんて、佐知の中にわずかに残ったなけなしのプライドが許さない。

これ以上情けない姿を曝《さら》したくないから、今すぐこの場から逃げ出したい。

「っとに、もう放し……」

「俺、が……きだと言ったら」

「え……?」

必死で穂高から顔を背けながら懇願しかけた佐知の言葉に、穂高の声が被る。そのせいで、佐知の耳にははっきりと聞こえなかった。

思わず穂高の顔を仰いで、逃げ続けていた視線を絡ませてしまう。穂高は……真摯な瞳で、佐知を見下ろしていた。

普段と変わらない真顔で、再び口を開く。

「佐知が好きだから、ここにいろと言えば、出て行くという言葉を撤回するか?」

穂高がなにを言っているのか、言葉としては耳に入っているのに、内容を理解することができなかった。

ぼんやりと穂高を見上げたまま硬直している佐知に、穂高はほんの少し眉根を寄せる。その珍しい表情で我に返った佐知は、目をしばたたかせて聞き返した。

「穂高さ……ん？　なに、言ってんの？」

混乱そのままの震える声で口にした佐知とは裏腹に、穂高は落ち着き払った態度で繰り返す。

「俺も、好きだと応えれば……出て行く理由など、ないだろう」

まるで、他人事を語っているかのような淡々とした響きの声だった。感情を窺うことのできない冷静そのものの響きに、カーッと身体が熱くなる。

なに？　どういう意味だ？

好きだと言えば、ここにいるだろう？　憐れなガキに、そうして出て行かなくてもいい理由をくれてやろう、と？

グッと喉を鳴らし、手のひらに爪が食い込む強さで拳《こぶし》を握る。

「つかに……するな。おれは、確かに穂高さんを好きだけど、施しをもらいたいわけじゃないっ。好きって意味、わかってないだろっ」

頭に血が上った佐知は、激高《げっこう》に突き動かされるまま穂高に向き直った。彼の着ているシャツの襟元を摑み、伸び上がって距離を詰める。

十数センチの近さで穂高を睨み、挑むような気分で目を合わせた。

「女の人に、するみたいに……できない、だろ」

脅迫するような行動が、わざわざ穂高に嫌悪を覚えさせようとする自虐的《じぎゃくてき》な自分が……バカみたいだ。

もう、涙目になることをみっともないと思う余裕もない。

深く息を吸おうとしても、しゃくり上げるようになってうまく息ができない。

苦しい。……苦しい。

こんな場面でも、こうして至近距離で穂高と接したらドキドキする自分が……惨《みじ》めで、情けない。

穂高の襟元を摑んでいた手から力を抜こうとしたところで、

「佐知」

これまで表情を変えることのなかった穂高が、ポツリと短く佐知の名前を呼ぶ。両手で頭を摑まれた直後、予想もしていなかった行動に出た。

「っっ！」

ふっと目の前が暗く翳《かげ》り、唇にやわらかなぬくもりが触れる。

目を瞠った佐知は、言葉もなく全身を硬直させた。

今のは、なに？　キ……ス……？

そんなわけないだろうと否定しようにも、唇にやわらかなぬくもりの余韻が漂っている。

「な……に、なん……で」

他に言葉はない。

頭の中が真っ白で、床がグラグラと揺れているみたいだった。

「ファーストキスだけでなく、セカンドキスも俺か？」

抑揚のほとんどない穂高の声が、佐知を混乱から現実へと引き戻す。

恐る恐る見上げた穂高は、なにを考えているのかまったく読み取ることのできない静かな目で佐知を見ていた。

それはまるで、恐慌状態の佐知を観察しているみたいで……普段と変わらない冷静さが、佐知の胸に深く突き刺さる。

「ふ……っ、ざけん……なっっ。信じらんな……ッ」

手の甲で唇を拭い、穂高のキスの感触を打ち消す。

もう……限界だ。

ギリギリのところで耐えていた感情の波が大きく揺れ、目尻からぬるい涙と共に溢れ出た。

「ッ、ちくしょ……」

震える唇を噛んだ佐知は、穂高の手を振り払って廊下に走り出る。

「佐知……っ！」

背後から、穂高が自分を呼ぶ声が聞こえてきたけれど、玄関先で靴に爪先を引っかけるようにして外に飛び出した。

どこに行こう、と。明確な考えがあったわけではない。

ただ、あれ以上、穂高の前に立っていられなかった。一秒でも早く彼の傍を離れなければ、どうにかなりそうだった。

《九》

佐知が『風見鶏』に来るのは、お昼時から夕方にかけてで、こんな遅い時間に訪れたことはない。

閉店時間が何時なのかも、知らなかったくらいだ。

窓越しに店内から漏れる光はわずかで、既に照明を落としてしまっているのだと窺い知れる。

「もう、八時を過ぎてるもんな」

無意識に足がここに向かってしまったけれど、閉店していてよかったかもしれない。志水にどう話せばいいのかなんて、わからないのだから。

小さく嘆息して踵を返そうとしたところで、カランと小さな音と共に『風見鶏』の扉が開いた。

ビクッと足を止めた佐知は、息を詰めて店内から出てきた長身を見据える。

志水は、扉に取りつけられた『風見鶏』のプレートに手を伸ばし……視線を感じたのか、こちらに顔を向けてくる。

「あれ？　佐知くん……？」

志水との距離は、五メートルほどだ。聞こえなかったふりをして背を向けるには、あまりにも不自然だろう。

「あ……」

逃げるタイミングを逃してしまった佐知は、ギクシャクと志水から視線を逸らしてうつむいた。

その視界に、志水の靴先が映る。

「もう閉めるところだけど……ジュースかホットミルクなら出せるよ。飲んでいく？」

頭上から落ちてきた志水の声に、ゆるく頭を振って答えた。

「い、いえ。通りかかっただけ、だから」

「んー……佐知くんが話したくないなら、なにも言わなくていいよ。僕が一人でしゃべっているからさ」

逃げ腰になる佐知の手首を摑み、「おいで」と出てきたばかりの店内に誘導される。

カウンターの内側、ほんの一部にだけ電気が灯されている店内は、いつもと流れる空気の質が違っていた。

薄暗いせいか、年季の入ったカウンターテーブルの色が深みを増しているみたいで、いっそうレトロ感を醸《かも》し出している。

「寒そうな顔色だなぁ。よし、ホットミルクにしよう。蜂蜜入りの甘いやつ」

志水は佐知をカウンターの定位置に座らせると、そう独りごちて冷蔵庫を開ける。電子レンジを使うのではなく、小さなホウロウの鍋でゆっくりとミルクを加熱するせいか、甘い香りがゆったりと漂ってきた。

「どうぞ。熱いからゆっくり飲んで」

そっとカウンターに置かれた大きなカップからは、見るからにあたたかそうな湯気が立ち上っていた。

佐知が無言でカップを見詰めていると、カウンターから出てきた志水が隣のスツールに腰を下ろす。

「いつも元気な佐知くんが、そんな顔をしていたら……この子が心配しているよ」

手を伸ばした志水は、カウンターに鎮座していた兎を掴んで佐知の手元に置いた。ふわふわとやわらかい毛が指に触れ、不意に泣きたいような頼りない気分になる。

「キリン……」

「うん？」

「キリンを、置いてきちゃった。でも……取りに戻れない」

兎の耳を撫でながら、「どうしよう」と泣きそうな声で続ける。

感情のまま、キリンを置き去りにして穂高の家を飛び出してきてしまった。でも、忘れ物をしたなどと言って、のこのこと穂高の前に顔を出せる度胸は佐知にはない。

少し冷静になると、どうしてあんなバカな言動に出てしまったのかと、後悔ばかりが込み上げてくる。

「置いてきた……って、ああ……穂高の家に、かな。僕が取ってきてあげてもいいけど、さすがに理由を知りたいかなぁ。二度と戻る気がない、みたいな言い方をされると……仲人《なこうど》としては、聞き捨てならない」

冗談めかした調子で『仲人』と口にした志水に、佐知はギュッと兎を摑んだ。

今は、志水の冗談を笑って聞き流す余裕などない。

「穂高と、ケンカした？」

静かに尋ねられ、子供のように無言で首を左右に振った。兎を摑んだまま、ポツリと口を開く。

「ケンカになんか……ならない。穂高さんは大人で、おれはガキで……おれ一人が、ジタバタしてる。も、メチャクチャにしちゃ……った」

どんなふうに話せばいいのか迷い、思いつくまま零す。

志水はわけがわからないはずだが、どういうことだと尋ねてくることもなく、佐知が言葉を続けるのを待っているようだ。

「志水さん、もしかして昼間に穂高さんと逢っていた女の人が、『NARUMI』さんなのかな。穂高さんのお嫁さんになる予定……とか？」

この半日、頭から離れなかったことをポツポツと尋ねてみる。志水からの返事はなくて、そっと顔を上げて様子を窺った。

志水は、見慣れた柔和《にゅうわ》な笑みを浮かべるでもなく、ジッと佐知を見ていた。

「それ、穂高に聞いてみた？」

「……ううん」

首を横に振ると、「そっかぁ」とつぶやいて嘆息する。佐知の推測に、解答をくれる気はないらしい。

志水は、佐知が手に持ったままだった兎をカウンターに戻して、代わりにホットミルクの入ったカップを握らせた。

「冷めないうちに飲んで」

「は……い」

促されるまま口をつける。

一口含むとやさしい甘みが舌に広がり、ガチガチに強張っていた肩からストンと力が抜けた。

そこで初めて、自分がとてつもなく緊張していたのだと悟る。全身に纏っていた硬い膜が、ボロボロと剝《は》がれ落ちるみたいで……虚勢を手放した。

事情の大半を知っていて、佐知がすべてを吐露《とろ》できる人はこの人以外にいない。甘えているという自覚はあったが、吐き出さずにいられなくなった。

「志水さん、おれ、穂高さん……好きなんだ。だから、一緒にいられない……。酔っ払いのプロポーズを真に受けたふりまでして援助しようとした可哀想な子供に発情されて、困ってるんだと思う。迷惑ばかりかけて、も……消えちゃいたい。こ、して……志水さんにも変なこと聞かせて」

懺悔《ざんげ》するような気分で、口に出した。

うつむいてカップに残っているミルクを見詰めていると、志水が動いたのが視界の隅に映った。

「僕は迷惑だなんて思わないから、気にしなくていいよ。趣味の一環でもあるし。あと、君の思い違いを指摘させてもらおう。困ってる、っていうか……迷惑だと感じるなら、どうして穂高は佐知くんを追いかけてくるのかな」

「え……？」

「さっきから、扉の外に突っ立っている不審者がいるんだよね。隠れているつもりかもしれないけど、デカい図体が隠れ切れていない」

ククッと肩を震わせた志水が、扉を指差す。確かに、扉のすぐ外に誰かが立っている影が映っていた。

あれは、穂高……？　本当に、佐知を追いかけてきたのだろうか。

「おーい、そこの不審者。立ち聞きしてないで、入ってきたら？　どうせ、ほとんど聞こえないだろ」

大きな声で呼びかけた志水に、佐知はギョッと目を見開いた。穂高ではない可能性など、考えてもいないようだ。

扉のガラス越しに影が動き……ゆっくりと扉が開かれる。志水が言ったとおりに穂高が姿を現して、佐知は咄嗟に顔を背けた。

あそこを飛び出した佐知には、ここしか来る場所がないだろうと読まれていたのだろうか。それとも、穂高も志水に佐知の反乱について話したくて……偶然？

どちらにしても、穂高と顔を合わせる覚悟がまだできていない。記憶は生々しくて、心臓が握り締められているみたいに苦しい。

手が震えそうになって、膝の上で強く拳を握った。心臓が早鐘を打っている。逃げ出したいのに、動けない。

穂高が近づいてくる気配が、ますます息苦しさを加速させる。

緊張のあまり頬を強張らせる佐知をよそに、志水はのんびりとした口調で穂高に話しかけた。

「佐知くんに泣きそうな顔をさせてるのは、おまえだよ」

「……わかってる」

「穂高が、『ＮＡＲＵＭＩ』を嫁にするんじゃないかって、佐知くんがそんなふうに思ってることまで、わかってるか？」

「そう……なのか？」

志水に応える穂高の声は、怪訝そうなものだ。

カウンターテーブルに視線を落としている佐知には、穂高がどんな顔をしているのか予想もつかない。

志水が口を噤むと、シン……と沈黙が落ちる。

一言もしゃべれない佐知と、相変わらず積極的に話そうとしない穂高をよそに、またしても志水が口を開いた。

「おまえら二人だと進展は望めなさそうだったから、カンフル剤として誤解が生じるように仕向けたのは僕だけど……ここまで見事にはまってくれると、ピュアな子供相手にとんでもなく悪いコトをしたみたいな罪悪感に襲われるなぁ」

佐知と穂高のあいだには、なんとも形容し難い緊張感が漂っているはずだ。けれど志水は、まったく感じていないかのようにしゃべっている。

穂高は、どんな顔をしているのだろう？

カウンタースツールに座っている佐知の斜め後ろ……すぐ近くで足を止めているのはわかるのに、怖くて振り向くことができない。

ピクリとも動けない佐知の肩に、志水が手を置いた。

「佐知くん、僕の趣味はキューピッドだって言っただろ。でも、キューピッドの役目は恋の矢を打って出逢いのきっかけを作って、ほんの少し背中を押すところまでなんだよね。そこまでお膳立てしたら、あとはその矢を繋ぐ赤い糸を強く結ぶか切っちゃうかは……当人同士の努力次第だ。以上、キューピッドからのお役御免《ごめん》宣言でした」

ポンポンと、軽く肩を叩いた志水の手が離れていく。

どういう意味だろう。

確かに志水は、キューピッドを自称していたけれど……それを今、佐知に言うわけがわからない。

ただでさえ思考力が鈍くなっているのだ。まったくと言っていいほど、頭が働かない。

佐知も穂高も、一言もしゃべらない中、志水だけが言葉を続けた。

「というわけで、店を閉めていいかなぁ。可愛い佐知くんを泣かせた穂高には、水も飲ませてやらない」

「あ……お店、閉めるところだったのに、ごめんなさい。おれ、迷惑ばかりかけて……」

人に迷惑だと思われたくない。そう考えていたはずなのに、浅はかな子供なのだと思い知らされる。

慌ててスツールから立ち上がった佐知は、どうにかして穂高と顔を合わせないように店を出ようと、うつむいたまま足を踏み出した。

「穂高。ここで動かなかったら、おまえは天下一のウツケモノだ。沈黙は金って言葉もあるけど、しゃべらなきゃならん場面もあるだろ。自分からわかってもらおうともせず、相手に理解を求めるのは傲慢だ……って何回も言ってるよな」

「……わかってる」

志水に低く答えた穂高が、スッと動いて……佐知の前に立ちはだかった。佐知が逃げを打つより早く、手首を掴まれる。

「は、離してよ。おれ、バカなガキだから……こんなふうにされたら、変な期待して喜びそうになる。穂高さんはボランティア精神でおれにかまってくれるのかもしれないけど、おれ、もう……ぺしゃんこだ」

「佐知、違う。そうじゃなくて……佐知がいないとダメなのは、俺なんだ。話を聞いてくれないか」

顔を上げるよう促す動きで、掴まれた手を軽く引かれる。

佐知は、迷って、躊躇って……恐る恐る穂高を見上げた。

視線が絡んだ穂高は、これまで佐知が見たことのない顔をしていた。

困惑でもなく、懊悩《おうのう》でもなく。どう言えばいいだろう。まるで、迷子になった子供みたいな不安そうなもので……。

無言で目を合わせていると、パンと手を打つ音が耳に飛び込んできた。ハッとした佐知は、慌ててスツールに腰かけたままの志水を振り返る。

「ハイハイ、続きは邪魔の入らないご自宅でどうぞ。しっかし、天然くんっつーか、不器用で奥手なのが二人だと愉快なくらいこんがらがるなぁ。でも、複雑にもつれた糸が解けた瞬間は、きっとメチャクチャに気持ちいいよ」

少しだけ呆れたような顔の志水が、出て行けと手の甲を上にして振る。

彼の存在を忘れていたわけではないが、穂高しか見えていなかった佐知は、頬が熱くなるのを感じながら「ごめんなさいっ」と頭を下げた。

「……行こう」

佐知の手首を摑んだままの穂高が低く口にして、扉へと向かう。その後について歩きかけた佐知の背を、志水の声が追いかけてきた。

「あ、そうだ。最後に一言だけ」

「は……い」

足を止めた佐知は、手放しかけた緊張を取り戻して志水に向き直った。

志水は、いつになく真剣な顔をしている……と思ったのに、彼の口から出たのはとんでも

ない台詞だった。

「佐知くん、覚悟したほうがいいよ。コイツ、こーんなスカした顔していながら、ムッツリスケベだから」

「は……い？」

予想もしていなかった言葉に、佐知は目を見開いて絶句する。

目を白黒させる佐知とは違い、さすがつき合いの長い友人だ。穂高は呆気に取られることがなかったようで、即座に言い返した。

「おまえは、余計なことばかり言うなっ」

「そーう？　肝心なことも言えない誰かさんよりは、マシだと思うけど？」

「……っ」

笑みを含んだ言葉に、志水は反論することなく口を噤む。数秒の沈黙の後、チッと低く舌打ちをすると、

「容赦ないな。そのとおりだが。……今から、挽回できるように努める」

そう口にして、止めていた歩みを再開させた。

チラリと見遣った佐知に、志水は笑いながら手を振ってくる。

手首に絡む穂高の指は離れそうになくて、会釈《えしやく》だけを残して『風見鶏』を出た。

□□□

夜とはいえ、通行人がいなかったわけではない。でも穂高は、家に帰り着くまで佐知の手を離そうとしなかった。

まるで、少しでも力を緩めれば佐知が逃げ出してしまうのではないかと……怖がっているみたいだ。

ほんの数時間前に飛び出したばかりのリビングに、気まずい思いで入る。テーブルに広げられたパンフレットはそのままで、状況が変わったようでいて実際はなにも変わっていないのだと、唇を噛んだ。

穂高が説明してくれなければ、何一つわからない。

「まずは……なにから話そうか」

並んでソファに腰を下ろしたところで、穂高がポツリと口にする。佐知は、隣の穂高をそっと見上げて、迷いながら言葉を返した。

「あの……昼間の女の人、と……結婚式の相談、していたんじゃないの？　だから、おれ……穂高さんと一緒にいられない、って思った」

「確かに、打ち合わせはしていたが。あ、俺と彼女の式じゃないからな」

「でもっ、主役……って。こんなにチェックしてるし！」

テーブルの上のパンフレットを指差した佐知に、穂高はほんの少し眉を顰めた。どう答えるか悩んでいるような沈黙が、佐知の不安を掻き立てる。

「……少し待て」

そう言い残して腰を上げた穂高が、リビングから出て行った。パンフレットを睨むように凝視して待っていると、ほんの数十秒で戻ってくる。

テーブルを見ている佐知の視線を遮るように、なにかが割り込んできて……目をしばたたかせた。

なんだ？　ふわふわとした、毛の塊《かたまり》……？

「正確には、主役はコレだ。ドレスやブーケの流行りなんか、俺にはわからん」

「……熊？」

真っ白なぬいぐるみだ。ただ、耳が片方しかないし目もないので、顔の形から『熊？』と推測するしかない。

先ほどと同じ場所に腰を下ろした穂高が、静かに話し始めた。

「彼女は、昔から世話になっている雑誌の関係者で……ウェディング特集を組むにあたっての打ち合わせだ」

「熊……の、お嫁さん？」

「ああ。新郎になるペアの熊も、もう少しで完成する。目の色を、黒にするか青にするか迷っているところだ」

啞然と未完成だという熊を見ている佐知は、曖昧にうなずいた。どうにかして、混乱した頭の中を整えようと思考を巡らせる。

結婚するのは、熊で……でも、未完成で。そんな、中途半端な状態のものを穂高が手にしていて、目の色を悩んでいる。

ようやく色んなものがイコールで結ばれた佐知は、呆然とした心地のまま口を開いた。

「熊……穂高さんが作ってる？」

「ああ。志水のところにある兎や猫も、……佐知のキリンも、俺が作った」

「っっ！」

バッと勢いよく顔を上げた佐知は、穂高と目を合わせて詰め寄った。穂高は視線を逸らすことなく、真摯な瞳で佐知を見下ろしている。

「全部、穂高さん……が？　穂高さんがっ、『ＮＡＲＵＭＩ』さんってこと？」

「……そうだ。積極的に隠そうというつもりはなかったんだが……成海《なるみ》穂高、って名前から想像がつかなかったか？」

「穂高さん……って、名字じゃなかった……んだ」

彼のフルネームを初めて知ったことに、驚いた。

穂高が名字だと、思い込んでいたのだ。穂高はフルネームを名乗らなかったし、佐知も尋ねようともしなかった。

これまで、穂高のフルネームについて疑問さえ持たなかった自分自身が、信じられない。唖然とする佐知と同様に、穂高も呆然としているようだ。言葉もなく顔を見合わせ……同時にため息をついた。

志水の『天然が二人』という呆れたような笑みが脳裏に浮かぶ。

……反論できない。

「すまない。これは……年長者の俺がどうかしているな。『ＮＡＲＵＭＩ』に関しては、積極的に隠す気はなかったと言ったが、佐知が気づかないならそれでいいとも思っていた」

「なんで？」

どれだけ佐知が『ＮＡＲＵＭＩ』に感謝しているか、できれば直接逢いたいと願っていたか……穂高も知っているはずだ。

なのに、何故名乗り出てくれなかったのだろう。

「以前、志水に言っていただろう。あたたかくて、優しい人だろうな……って。『ＮＡＲＵＭＩ』に対する佐知の理想像を壊したくなかったんだ」

「おれっ、ナルミさんがどんな人でも気にしないって、言ったはずだよ？」

「そう……だな。俺の勝手な考えだ。たいていの人は、俺がぬいぐるみを作っていると知ったら、驚くか笑うかのどちらかだからな」

「そんな失礼な『たいていの人』と、おれを一緒にしないでほしい」

ムッとして言い返すと、穂高は気まずそうに「悪かった」と繰り返した。

おずおずと手を伸ばし、スラリと長い穂高の指を撫でる。

「この手で……あったかいぬいぐるみ、作っているんだ、ね。キリンを……おれの家族を生み出してくれて、ありがとう」

瞼を伏せて、『NARUMI』にずっと伝えたかった礼を口にする。

あのキリンに、たくさんたくさん助けられた。楽しい時は倍増しに、淋しくてうな垂れた夜は、心細さを半分に減らしてくれた。

穂高が生み出してくれたキリンがいたから、独りぼっちにならなかったのだ。

「ありがとう、は俺の台詞だな」

「……なんで？」

ふと、穂高の声が頭上から降ってくる。小さな声だったけれど佐知は聞き逃さず、顔を上げて首を傾げた。

「ぬいぐるみを作るきっかけは、十も歳の離れた妹だった。両親の離婚で、中学を出る時に離ればなれになったんだが……淋しがって泣く妹に、家庭科の授業で作ったぬいぐるみを渡した。不細工な犬のぬいぐるみを、本気で喜んでくれて……今度は、もっと可愛いものをプレゼントすると約束した。試作品を重ねていくうちに、ぬいぐるみ製作自体が楽しくなって、運よく職業にできて……いつしか、商業主義に飲み込まれそうになっていた。コンクールで賞を取るようになると、周りの手で勝手に付加価値がつけられて『ＮＡＲＵＭＩ』というブランド名が独り歩きを始めて、最近ではなんのためにぬいぐるみを作っているのかわからなくなってたんだ」

「……うん」

いつになくたくさんしゃべってくれる穂高の言葉を、一つも聞き洩らさないよう耳に神経を集中させる。

ぬいぐるみ作りのきっかけが、歳の離れた妹だったというエピソードは、なんだか穂高らしかった。

志水は無愛想だと言うけれど、佐和だって穂高がすごく優しい人だということを知っている。

「スランプといえば格好いいが、このままぬいぐるみ作りを辞めようかとも思っていた。ただ、俺には他にできることはなくて……見事な引き籠り状態だったな。でも、佐知が……ごく初期に作ったキリンを、今も大切にしてくれていて……ぬいぐるみを抱いて幸せそうに笑うから、また作ろうという気分になることができた。ぬいぐるみ一つに十万円の値段をつけられるより、佐知の笑顔が嬉しかった」

穂高の指に触れていた手を、ギュッと握られる。

大きな手はあたたかくて、言葉では形容できない安堵感を佐知にくれる。

穂高の手の中に包み込まれた手元を見詰めながら、ポツリと口を開いた。

「おれ……穂高さんと、一緒にいてもいい？」

「俺のほうが頼んでいるんだ。嫁にでもなんでもなるから、俺の傍にいてくれ」

真面目な口調で『嫁』と言った穂高に、ふ……と唇に苦笑を滲ませた。

顔を上げて、穂高と目を合わせる。冗談を言っている雰囲気ではない。穂高は、やはり大真面目な表情をしている。

「穂高さん……が、お嫁さんになってくれるんだ？」

「そうだな。この際、名目はなんでもいい。佐知に、ここにいてほしいんだ。佐知は、自分のために理由を無理につけているんじゃないかと言っていたが、俺の自分勝手な望みだとわかっただろう。呆れたか？」

こうして穂高の家に住まわせてくれるのは、佐知のためではなくて穂高自身の願いだと聞かされて、泣きたいくらいの喜びが込み上げてくる。

首を横に振り、穂高を見上げたまま想いを伝えた。

「ううん。なんか……ホッとした。じゃあ、改めて……おれのお嫁さんになってください」

「もちろん。ファーストキスとセカンドキスをもらった責任は、きちんと取るつもりだ」

ファーストキスの相手をお嫁さんに、と語った佐知の野望を覚えていたらしい。

でも今となっては、佐知が穂高にプロポーズをする理由はそれではないのだ。

「違う。ファーストキスの相手だからじゃなくてっ、穂高さんが好きだから。穂高さんも、責任じゃ……嫌だ」

「……悪かった。仕切り直しだ。あー……佐知が好きだから、お婿さんに来てください」

これでいいか？　と。目で尋ねられて、笑顔でうなずいた。

その直後、穂高の両腕の中に強く抱き締められる。

「バカことをしたから、もう二度と佐知に笑いかけてもらえないかと思っていた」

「バカ……って、あ……あ！」

ここを飛び出す直前のアレコレを思い出した途端、カーッと首から上が熱くなった。

どうして、あんなことを忘れていたのだろう。

今更ながら居たたまれなくなってしまい、もぞもぞ身動ぎをする。逃れようとしていると思ったのか、佐知の背を抱く穂高の手にグッと力が込められた。

「こんなふうに触れられるのが嫌なら、殴って逃げてくれ」

「それ、ずるい……よ。嫌なわけないんだから、動けなくなる」

強張っていた肩から力を抜いて、穂高に身を預ける。

穂高の体温を感じることは、嬉しいのだ。嫌どころか、もっと触れてほしい。佐知も……

触れたい。

そんな欲求が急激に湧き上がり、身体の内側をグルグルと駆け巡る。

「そういうことを言ったら、際限なく調子に乗るぞ」

「ん……」

どう答えればいいのかわからない佐知は、小さくうなずいてそっと手を上げると、穂高の背中を抱き返した。


穂高の寝室に入るのは、二度目だ。

ただ、酔っ払いの佐知を拾ってくれて初めてここに来た時とは……状況も心情も目的も、なにもかもが違う。

ベッドの上で向かい合い、ぼんやりとした間接照明の中で穂高に服を脱がされるなんて、想像したこともなかった。

あまりの展開の速さに、思考が置き去りにされているみたいで……現実感が乏しい。

「し、志水さんが言ってたこと……思い出した」

頭の中に、志水の台詞がよみがえる。

……こーんなスカした顔をしていて、ムッツリスケベなんだ……と。

面と向かって本人に言うことはできず、佐知は言葉を濁したけれど、穂高には明確に伝わったらしい。

「なんだ？　ああ……アレか。汚れた大人で悪いな」

穂高は、そんな開き直ったような言葉を淡々と口にして、佐知が着ているシャツを脱がせる。

ジッとしていられない。恥ずかしい。穂高の顔を見られない。

佐知はどうすればいいのかわからず、もぞもぞと無意味に手足を動かしてしまう。

そうして落ち着きのない佐知とは対照的に、穂高は普段と変わらない冷静さで言い返してくる。

「本当は、もっとゆっくりと関係を進めるべきなんだろうな。でも……すまない。こんなに堪え性がないなんて、俺も初めて知った。今すぐ佐知を抱き締めて、俺に繋ぎ止めたい」

冷静……だと思っていたけれど、そっと見上げた穂高は自嘲するような微苦笑を浮かべていた。

平静を保てないのは自分だけではないのだと実感できて、ホッとする。

「い、い……よ。おれ、恥ずかしいだけだから。おれも、穂高さんに触りたいし。なにより、穂高さんの初めては……嬉しい。お嫁さんになってなんて言ったくせに、格好悪いお婿さんでゴメン」

「こちらこそ、可愛い嫁じゃなくてすまない」

真顔で返してきた穂高に、ふっと唇を綻ばせる。

いつでも、百パーセント本気で……大真面目、か。

少し不器用で、うまく立ち回りなんてできそうになくて……だから、あんなに純粋でキラキラした目のぬいぐるみを生み出せるのかもしれない。

「どんな穂高さんでも、好きだよ。だから……おれが嫌だとか言っても、本気にして止めないでいいから。言わないようにするつもり、だけど……一応」

混乱したら、なにを口走るかわからない。そう予告した佐知に、穂高は「わかった」とうなずく。

「俺のいいようにしても、大丈夫か?」

「それが、いい」

おずおずと手を伸ばした佐知は、穂高が着ているシャツを捲り上げて素肌に触れた。

あたたかい。このぬくもりに包まれるのは、きっと心地いい。

あの雷雨の夜に、全身で感じた安堵感はまだ忘れていない。

「佐知、顔……上げてくれるか」

「うん?　ぁ……」

促されるままに顔を上げると、目の前が暗く翳《かげ》り、唇にやんわりとしたぬくもりが触れる。優しい感情が流れ込んできて、ドキドキして息苦しいのに心地いい。

「ッ、ン……ぅ」

きっと、佐知を驚かせないように最大の配慮をしてくれているのだろう。そっと舌先が潜り込んできて、ゆるく絡みついてくる。

これまで佐知がキスだと思っていた、触れ合わせるだけのものが、いかに子供じみたものだったか……思い知らされるみたいだ。

息が苦しい。心臓がドキドキして、身体が熱くなって……なにも考えられなくなる。

「っふ……ぁ」

無意識に身を捩って逃げかかった佐知の背を、穂高の腕が抱き寄せた。

逃げられない。でも、それでいい。本当に逃げたいわけではなくて、どうすればいいか戸惑っているだけなのだから。

「う、ん……ン」

息苦しさが限界に達しようとしていたところで、穂高の腕が離れていった。唇が解放されて、ふっと短く息をつく。

ゆっくりと髪を撫でられ、穂高を見上げた。佐知を見下ろす穂高はほんの少し表情を曇らせていて、なにか変だったかと不安になる。

「穂高、さ……ん？」

「悪い。怖かったか？」

「ち、違う」

ほんの少し怖いのは、自分がどんな醜態を曝すかわからないせいだ。

穂高が怖いのではなく、もっと触れたいくらいで……。

「おれ、やめないで……って言ったよね。もっと、触ってほし……し、おれも、穂高さん触りたい、よ」

うまく伝えられたかどうか、わからない。強がって無理しているわけではないとわかってほしくて、穂高の指をギュッと握り込んだ。

穂高からの答えはなかったけれど、その手を強く握り返される。

「いい年して余裕がないな、って自覚はあるが……本当に途中で止めてやれそうにないな。いいのか？」

「う……ん」

うなずくと、ゆっくり身体を倒されてベッドに背中をつける体勢になった。

薄く目を開いて見上げた穂高はなんとなく気まずそうで、目が合う直前に視線を逃がして佐知の首筋へ顔を寄せてきた。

「ぁ……ッ、ん」

吐息が肌を撫でるくすぐったさに肩をすくませて、押しつけられた唇の感触にビクッと身体を震わせる。

身体が熱い。これ以上穂高に触れられたら、自分がどうなるか……わからない。

でも、やめてほしいとは思わない。

複雑に交錯する感情をうまく消化できなくて、そろりと穂高の頭を抱き込んだ。

指に絡む穂高の髪の感触が、なんだかくすぐったい。他の誰も、こんなふうに触れたいと感じたことはなかった。

「穂、高さ……もっと、触りたい」

そっと指先で穂高の髪を掻き回して、不器用に想いを告げる。

胸の奥から、熱の塊のような欲求が次々と湧いてくる。自分がこれほど欲張りだなんて、知らなかった。

「ああ。俺も……佐知に触りたい」

熱い吐息が首筋に触れ、「うん」とうなずきながら肩を竦ませた。

膝を割られて、腿の内側を穂高の手が這い上がる。自分以外の手が身体の中心に触れることに戸惑い、ビクンと脚が小さく跳ねた。

「性急か？」

「だ、いじょ……ぶ。穂高さんの手、気持ちいい……から」

緊張と戸惑いと、不安。それに、期待。

様々なものが入り交じった感情の中に、嫌だとか恐怖といったマイナスのものは一つもない。

そう伝えたいのに、うまく言葉にすることができない。その代わりに、穂高の背中に手を回して抱きつく。

「佐知。……俺をそんなに信用して、いいのか？」

穂高が苦いものを含んだ声でそうつぶやき、ふ……と唇を緩ませた。

どうして、それほど不安そうなのだろう。佐知に何度も「怖いか」と尋ねてきたけれど、穂高のほうが怖がっているみたいだ。

「信用、されたくないみたい……だ。変なの」

ポツリと返した佐知に、かすかに背中が揺れる。

「嫌われてもおかしくない、ひどいことをしようとしているからな。あまり信用されると、罪悪感が……」

耳元で低く口にする穂高が、どんな顔をしているのか……佐知には見ることができない。

でも、どんなふうにされても穂高を嫌いになどならないことだけは、確かだ。

「おれ、そんなに純粋じゃないよ。お年頃らしく、エロ知識もあるし……なにをどうするか、だいたいわかる。それでも、穂高さんが好きで、おれ自身の意思でこうしているってこと、忘れないでよ」

そう訴えると、穂高の背中を抱く手に力を込める。

あんまり大切にされると、申し訳ない気分になるのはこちらのほうだ。ある程度の知識はあって、それでも穂高から逃れようという気にならないのだ。

「……格好いいな、佐知」

「そ……かな。へへ、嬉し……」

穂高の称賛に、ほんの少し照れ笑いを零す。

けれど、穂高の指が屹立に触れ……その奥まで滑り込んできたことで、笑う余裕などなくなってしまった。

「ぁ、ッ……ん、ん」

頭ではわかっていたつもりでも、未知の感覚はやはり少しだけ怖い。

ただ、この指が穂高のものだから。

それだけで、不安や怯えを心地よさに変換することができる。

「力を……抜いてろ」

「ん、……ぁ！」

佐知が細く息を吐いたのを見計らい、浅く含まされていた指が深く挿入された。

頭が、ぼんやりする。なにも考えられなくて……震える手で穂高に縋りつくので精いっぱいだ。

耳の奥に響く激しい動悸だけが、現実感をもたらす。

「そんな、優し……なくて、いい。穂高さん……も」

自分に与えるばかりではなく、穂高も佐知に乱れた姿を見せてほしい。そう訴えたいのに、うまく言葉にできない。

もどかしさを抱えた佐知は、穂高の背中にあった手を脇腹……腰と滑らせて、熱を孕んだ屹立へと触れた。

「ッ、佐知……」

穂高が息を呑む気配に、勇気を得る。

よかった。佐知だけでなく……穂高も昂っている。余裕がないという言葉を、なによりも証明してくれている。

「おれ、ばっか……ヤダよ」

屹立にゆるく指を絡みつかせて煽ろうとする佐知に、穂高が肩を震わせる。

身体の奥にあった指がゆっくり抜かれて、短く息をついた。

「きつかったら、我慢せずに言えよ」

「う……ん」

穂高の気遣いにうなずいて見せたけれど、佐知はどれほど苦しくても悟られないようにしようと決めていた。

「穂高さ……ん」

膝を立てて、両腕で穂高を抱き寄せる。

欲しがっていることを、きちんと伝えたい。でも、言葉にすることはできそうにない。

そうして焦れる佐知の求めを、穂高は的確に察してくれて……身体を重ねてきた。

「っふ、ぁ……ア！」

息が詰まりそうな圧迫感に襲われて、強張りそうになる身体から力を抜こうと浅い息を繰り返す。

音が遠ざかる。苦しくないとは言えなくて……でも、この熱が穂高のものだと思えば不快なわけがなくて。

「穂高、さ……ン、穂高、さ……」

縋りつきながら穂高の名前を繰り返すことしかできない佐知を、穂高は強く抱き締めてくる。

薄く目を開いて見上げた穂高は、熱っぽく潤んだ瞳で食い入るように佐知を見据えていた。

汗でじっとりとした、乱れた前髪が艶っぽい。

こんなに余裕のない顔を目にするのは初めてで、それが自分を腕に抱いているせいだと思うだけで、苦痛が心地よさに取って代わった。

「穂高さ……好き」

穂高を独り占めできる。この先も、一緒にいられる。

それが嬉しくて……なのに、何故か泣きたいような頼りない気分になる。

「ああ。……きだよ、佐知」

小さな声だったけれど、確かに好きだと返してくれた。

胸の奥深くから、熱い塊が込み上げてきて……全身を駆け巡る。

「ッ、穂高さ……、離さな……いで、ね」

身体中で穂高の存在を感じながら、どう言えばきちんと伝わるかわからない想いを口にした。

穂高は、佐知を息苦しいほど強く抱き締めて、言葉ではなく応えてくれる。

「ぁ、あ……っ、っん……ぁ！」

もっともっと、たくさん好きだと伝えたいのに、もう意味のある言葉は口にできなくて。

なにもかも焼き尽くしそうな熱の渦に巻き込まれ、ただひたすら穂高に縋りついた。


灼熱の時間が過ぎても、寝室には熱の余韻が仄かに漂っていた。

佐知は、シーツを替えたベッドにぐったりと手足を投げ出して身を横たえる。全身が重くて、動けない。

「キリ……ン」

「うん?」

あたたかい濡れタオルで佐知の身体を丁寧に拭ってくれていた穂高が、ふと手を止めた。前髪をかき上げて、「なんだ?」と聞き返してくる。

「ん……と、穂高さんも」

身体をほんの少しずらした佐知の意図が伝わったらしく、タオルを手放すとベッドに乗り上がってくる。

佐知は傍らのぬくもりに身を寄せながら、続きを口にした。

「おれ、『NARUMI』さんに逢えたら、聞きたかったんだ。どうして、キリンが月を銜えているのか」

「ああ……妹が持っていた絵本が、記憶に残っていたんだ」

佐知の疑問に静かに答えた穂高は、そっと両腕の中に佐知を抱き込む。

少し前までの、なにもかも焼き尽くしそうな激しい熱さはなく、ただあたたかくて心地いい。

穂高が、こんなに甘やかしたがりだと……そして、自分がこれほど甘えたがりだなんて、知らなかった。

「絵本って？」

続きを促した佐知に、ぽつぽつと言葉を続ける。

密着した穂高の胸元からは、落ち着きを取り戻した心臓の鼓動が伝わってきた。

「泣いている友達を慰めるため、キリンは背の高さを活かして月をプレゼントしようと考えた。でも、空にはなかなか届かない。頑張って背伸びをしているうちに、首が伸びて……ようやく月に届いた。それ以来、キリンの首は他のどんな動物より長くなった。不格好だと笑われたりもしたが、キリンは慰めたかった友達がプレゼントの月を気に入って笑ってくれたから、首が長いことが誇らしかった、って話だ」

ゆったりと優しいエピソードを語る低い穂高の声は耳に心地よくて、とろりと瞼が重くなる。

月を銜えたキリンを思い描きながら穂高の胸元に額を押しつけた佐知は、ぼんやりとつぶやいた。

「おれの、キリン……いつか、お嫁さんを作ってほしい……な」

目を閉じて、瞼の裏に寄り添う二つのキリンを思い浮かべる。

佐知の髪をそっと撫でた穂高の声が、頭上から落ちてきた。

「そうだな。そういや、志水が佐知を子猫みたいだと言ってたな。ってことは……キリンが花嫁で、花婿は子猫か?」

クスリと笑う気配がして、二つ並ぶシルエットが首の長いキリンと小さな猫のものに取って代わった。

キリンのお嫁さんは、やっぱりキリンじゃないとだめなのでは?

そう反論しようとした佐知は、言葉を呑み込む。

凹凸なカップルを想像したら、アンバランスなようでいて可愛かったからだ。

家族ができて……キリンが幸せそうなら、それでもいいかもしれない。

あとがき

こんにちは、または初めまして。真崎《まさき》ひかると申します。このたびは、『キリンな花嫁と子猫な花婿』をお手に取ってくださり、ありがとうございました！

キリンと子猫、ちょっぴり不思議な組み合わせかもしれませんが、「そっちが嫁かい」とツッコミを入れてやってください。そして、ほんの少しでも楽しんでいただけると、なによりも嬉しいです。

とてつもなくキュートなイラストをくださった、明神翼《みようじんつばさ》先生。男前な穂高と可愛い佐知、ふわふわ感が伝わってきそうなぬいぐるみたちを、本当にありがとうございました。大変なご迷惑をおかけして、申し訳ございませんでした。あ、帯のついた文庫を手にされた方は、ぜひとも帯を外して超絶可愛いぬいぐるみたちをご覧になってください。可愛いです～。

そして、今回初めてお世話になったのに死ぬほどお手を煩わせてしまった編集さんS様。すみませんでした……。ありがとうございました。遠慮なく鞭を振るってやってください。

ここまでおつき合いいただき、ありがとうございました。明神先生の可愛いイラストたちに、ほんわかしていただけると幸いです。

それでは、バタバタと失礼します。またどこかでお逢いできますように。

二〇一四年　机周りのぬいぐるみたちに見下ろされています　真崎ひかる

◆次ページから、ちょっぴりですがＳＳがあります。その後の彼らを覗いてやってください。

『キリンと子猫のキューピッド』

レトロな壁掛け時計が、四時を知らせる。

それが合図になったらしい。窓際のテーブル席にいた二人組の初老の女性が、席を立ってこちらへ歩いてきた。

この喫茶店『風見鶏《かざみどり》』には、先代のマスターがいた頃から、きちんとしたレジスターというものは置いていない。会計は、カウンター越しにやり取りすることになる。

近所に住む彼女たちは、週に三度はティータイムに来店する常連客だ。いつもと同じ、釣りのいらないピッタリの額をカウンターに置いて店主である志水《しみず》に笑いかけてきた。

「ごちそうさまでした。やっぱりこちらのコーヒーは美味しいわ」

「いつもありがとうございます。来週の中頃には新しい豆を仕入れますので、また味見をお願いします」

「まぁ、楽しみね」

カウンター越しに志水と会話をしていた女性の一人が、ふと視線を移す。

「あら……新作かしら。可愛らしいわ。素敵なカップルね」

さすが常連、目敏く気がついたらしい。

「なぁに？　あらあら、本当。相変わらず『ＮＡＲＵＭＩ』さんのぬいぐるみは素敵ね。久し振りの新作じゃない？」

カウンターの上に並ぶ二つの新たなぬいぐるみに目を細めた彼女たちは、うなずき合いながら感想を口にする。

志水は、カウンターの隅に座って広げた本から目を上げようともしない男にチラリと視線を向け……微笑を浮かべた。

「個人的に作製したものの習作らしいので、小振りですが……。お褒めの言葉を、『ＮＡＲＵＭＩ』に伝えておきますね」

「そうしてちょうだい。……キリンがお嫁さんで、子猫がお婿さんなのね。どうしてかしら？　それも、聞いておいていただけると嬉しいわ」

ウエディングドレス姿のキリンと、タキシード姿の子猫が並んでいるのは、やはり不思議らしい。

彼女たちは、「可愛いけど、カップルがキリンと子猫なのも不思議ね」と首を傾げている。

「承知しました。聞いておきます」

うなずいた志水に、二人組の女性は「ごちそうさま」と言い残して店を出て行く。

いつもどおりに「ありがとうございました。またお待ちしています」と二人を見送った志水は、『客』のいなくなった店内で大きく息をついた。

「さて、キリンがお嫁さんで子猫がお婿さんなのは、どうしてかしら」

独り言にしては、大きな声だ。もちろん、わざと聞かせたのだが。

「さぁな」

無愛想な声で、短い一言がカウンターの端から返ってくる。因みに、ランチセットだけで昼過ぎから数時間も居座る彼は、『客』にカウントしていない。

「穂高《ほだか》、おまえ……すぐ近くで自分のことを話されているのに、よくそんな素知らぬ顔をしていられるな。まぁ、今に始まったことじゃないけどさ」

「……面と向かって、話しかけられているわけじゃないからな」

相変わらず、スカした面をしやがって。ポーカーフェイスと言えば響きがいいが、この男のコレはただの鉄面皮だ。

ただでさえ日本人離れした体格のせいで、威圧感があるのだ。それに加えて、嫌味なほど端整な容貌なので妙な迫力がある。更に、この無表情さが近寄り難さに拍車をかけているのだが、本人に正そうという気はないらしい。

腐れ縁だと互いに言い合っている長いつき合いの友人の名は、成海《なるみ》穂高。この男が『NARUMI』だと正体を明かせば、彼女たちは目を丸くするに違いない。

「捻くれてやがる。佐知《さち》くんは、こーんな男のどこがいいかな」

「本人に聞いてみろ。そろそろ……ああ、ほら来た」

穂高が壁掛け時計を見上げたところで、扉が開いて少年がひょっこりと顔を覗かせた。

彼と目を合わせた志水は、「あれ？」と首を傾げる。

「今日は、アルバイトはお休み？」

「あ、はい。店長が実家に帰省するので……今日から三日間、臨時休業なんです。しばらく留守にするからって、お店の食材を色々ともらってきました。志水さんも、一緒に晩ご飯食べませんか？」

佐知は、右手に持ったビニール袋を掲げて笑いかけてくる。

無愛想な穂高とは対照的に、朗らかで素直な佐知は実に可愛い。もうすぐ十九歳だという若さでありながら、複雑な事情を抱えていることはチラリと聞いているが、屈折したところや陰のようなものは感じられない。

彼と友人との仲を取り持ったと自負している志水だが、あまりにも思惑通りにことが進んだせいで、佐知はこんな男で本当にいいのか改めて疑問が湧く。

「せっかくのお誘いだけど、新婚さんの邪魔はしたくないから遠慮しておく」

「し、新婚……って、変な言い回ししないでくださいよっ」

わかりやすく頰を紅潮させた佐知は、顔の前でパタパタと手を振って面白いくらい動揺を表した。実に可愛らしい。

それに反して、穂高のほうは……。

「志水に遊ばれるんじゃない。帰るぞ、佐知」

ほんの少し眉を顰めて、腰かけていたスツールから立ち上がる。

わずかながらの変化だが、穂高に嫌そうな顔をさせられたことは愉快だ。理由は……疑うまでもなく、彼だ。

「くっくっ……佐知くん、やっぱり君はすごいな。穂高が、独占欲を……っ、普通の男みたいだ」

「えっ、なにが？　なんですか？　おれが来るまで、どんな話を……？」

カウンターに手を着いて笑う志水と、仏頂面の穂高のあいだに視線を往復させた佐知は、不思議そうに目をしばたたかせる。

「おまえが気にすることはない。あいつは一人で笑わせておけ」

「う……ん。あ、待ってよ穂高さん。志水さん、またねっ」

大股で戸口に向かった穂高を、踵を返した佐知が慌てて追いかける。

手を振って凸凹な二人の背中を見送った志水は、カウンターの上にあるキリンと子猫のぬいぐるみを眺めて微笑を深くした。

「アンバランスなようでいて、ラブリーな組み合わせだよな」

子猫の頭を撫でて、キリンの鼻先を指で弾く。

重心の高いキリンは大きく身体を揺らし、志水の手荒な扱いに抗議しているみたいだった。

「あ、聞き忘れた。子猫は、キリンのどこがいいのか……おまえたちは答えてくれないよな。ムッツリなキリンに、子猫が無体な目に遭わされていなければいいけど」

ジッと見下ろしながらポツリと続けた志水に、二つのぬいぐるみはどことなく迷惑そうな顔をしていて……。

「んー……余計なお世話か」

右手で自分の頭を掻いた志水は、下世話な心配をした自分に苦笑を滲ませた。

当人たちが幸せそうなのだから、キューピッドとしては喜ばしい限りだ。

本作品は書き下ろしです

真崎ひかる先生、明神翼先生へのお便り、
本作品に関するご意見、ご感想などは
〒101-8405
東京都千代田区三崎町2-18-11
二見書房　シャレード文庫
「キリンな花嫁と子猫な花婿」係まで。

CHARADE BUNKO

キリンな花嫁《はなよめ》と子猫《こねこ》な花婿《はなむこ》

【著者】真崎《まさき》ひかる

【発行所】株式会社二見書房
東京都千代田区三崎町2-18-11
電話　03(3515)2311［営業］
　　　03(3515)2314［編集］
振替　00170-4-2639
【印刷】株式会社堀内印刷所
【製本】ナショナル製本協同組合

落丁・乱丁本はお取り替えいたします。
定価は、カバーに表示してあります。

ISBN978-4-576-14063-6

http://charade.futami.co.jp/

シャレードレーベル20周年記念小冊子
応募者全員サービス

「シャレード」は1994年に雑誌を創刊し、今年でレーベル20周年。
これを記念しまして、これまでの人気作品の番外編が読める
書き下ろし小冊子応募者全員サービスを実施いたします。

［執筆予定著者（50音順）］
海野幸／早乙女彩乃／高遠琉加／谷崎泉／中原一也／花川戸菖蒲／樋野道流／矢城米花
どしどしご応募ください☆

◆応募方法◆ 郵便局に備えつけの「払込取扱票」に、下記の必要事項をご記入の上、800円をお振込みください。

◎口座番号：00100-9-54728

◎加入者名：株式会社二見書房

◎金額：800円

◎通信欄：
20周年小冊子係
住所・氏名・電話番号

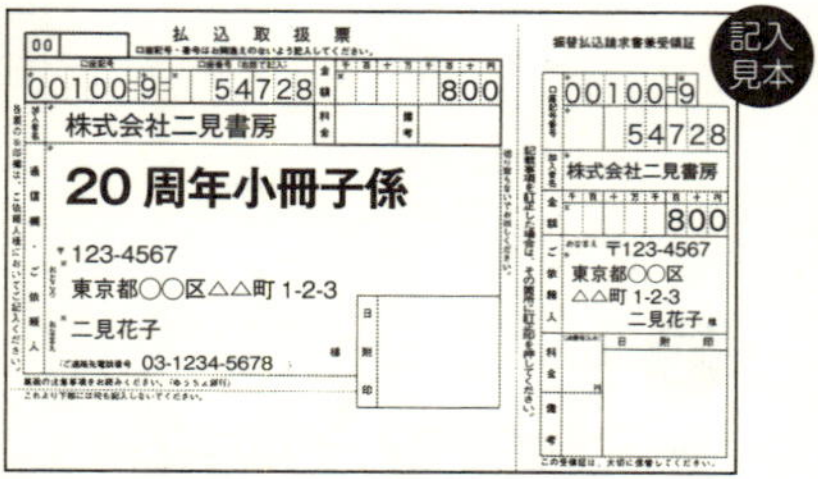

◆注意事項◆

●通信欄の「住所、氏名、電話番号」はお届け先になりますので、はっきりとご記入ください。

●通信欄に「20周年小冊子係」と明記されていないものは無効となります。ご注意ください。

●控えは小冊子到着まで保管してください。控えがない場合、お問い合わせにお答えできないことがあります。

●発送は日本国内に限らせていただきます。

●お申し込みはお一人様3口までとさせていただきます。

●2口の場合は1,600円を、3口の場合は2,400円をお振込みください。

●通帳から直接ご入金されますと住所（お届け先）が弊社へ通知されませんので、必ず払込取扱票を使用してください（払込取扱票を使用した通帳からのご入金については郵便局にてお問い合わせください）。

●記入漏れや振込み金額が足りない場合、商品をお送りすることはできません。また金額以上でも代金はご返却できません。

◆締め切り◆ **2014年6月30日（月）**

◆発送予定◆ **2014年8月末日以降**

◆お問い合わせ◆ 03-3515-2314　シャレード編集部